文春文庫

姥《うば》捨《すて》ノ郷《さと》

居眠り磐音（三十五）決定版

佐伯泰英

文藝春秋

目次

「居眠り磐音」主な登場人物

坂崎磐音《さかざきいわね》
元豊後関前藩士の浪人。直心影流の達人。師である佐々木玲圓の養子となり、江戸・神保小路の尚武館佐々木道場の後継となった。

おこん
磐音の妻。磐音が暮らした長屋の大家・金兵衛の娘。今津屋の奥向き女中だった。

今津屋吉右衛門《いまづやきちえもん》
両国西広小路の両替商の主人。お佐紀《さき》と再婚、一太郎が生まれた。

由蔵《よしぞう》
今津屋の老分番頭。

佐々木玲圓《ささきれいえん》
磐音の義父。内儀のおえいとともに自裁。

速水左近《はやみさこん》
将軍近侍の御側御用取次。佐々木玲圓の剣友。おこんの養父。

松平辰平《まつだいらたつぺい》
佐々木道場の住み込み門弟。父は旗本・松平喜内《きない》。廻国武者修行中。

重富利次郎《しげとみとしじろう》
佐々木道場の住み込み門弟。土佐高知藩山内家の家臣。

霧子《きりこ》　雑賀衆の女忍び。佐々木道場に身を寄せる。

小田《おだ》平助《へいすけ》　槍折れの達人。佐々木道場の客分として長屋に住む。

品川《しながわ》柳次郎《りゅうじろう》　北割下水の拝領屋敷に住む貧乏御家人。母は幾代《いくよ》。

竹村《たけむら》武左衛門《ぶざえもん》　陸奥磐城平藩下屋敷の門番。早苗など四人の子がいる。

弥助《やすけ》　「越中富山の薬売り」と称する密偵。

幸吉《こうきち》　深川・唐傘《からかさ》長屋の叩き大工磯次《いそじ》の長男。鰻屋「宮戸川」に奉公。

鶴吉《つるきち》　浅草聖天町「三味芳」の名跡を再興した六代目。三味線作りの名人。

徳川《とくがわ》家基《いえもと》　将軍家の世嗣。西の丸の主。十八歳で死去。

小林《こばやし》奈緒《なお》　磐音の幼馴染みで許婚《いいなずけ》だった。小林家廃絶後、江戸・吉原で花魁《おいらん》・白鶴《はっかく》となる。前田屋内蔵助に落籍され、山形へと旅立った。

坂崎《さかざき》正睦《まさよし》　磐音の実父。豊後関前藩の藩主福坂実高《ふくさかさねたか》のもと、国家老を務める。

田沼《たぬま》意次《おきつぐ》　幕府老中。愛妾のおすなは「神田橋のお部屋様」の異名をとる。

『居眠り磐音』江戸地図

新吉原
東叡山 寛永寺
忍ケ岡
上野
不忍池
下谷東坂町
下谷広小路
新寺町通り
浅草
山谷堀
待乳山聖天社
浅草寺
竹屋ノ渡し
向島
今戸橋
今津屋寮
花川戸町
常泉寺
小梅村
新堀川
吾妻橋
源森川
業平橋
品川家
首尾の松
十間川
北割下水
今津屋
本所
吉岡町
天神橋
石原橋
法恩寺橋
新シ橋
浅草御門
柳原土手
両国橋
南割下水
横川
入江町
金的銀的
長崎屋
回向院
松井橋
竪川
薬研堀
浮世小路
若狭屋
大川
鰻処宮戸川
六間堀
魚河岸
猿子橋
新高橋
竈河岸
日本橋川
新大橋
小名木川
日本橋
万年橋
鎧ノ渡し
霊巌寺
深川
砂村新田
亀島橋
金兵衛長屋
八丁堀
霊岸島
永代橋
仙台堀
永代寺
鉄砲洲
富岡八幡宮
越中島
堺橋
佃島

護国寺
面影橋
中山道
日光御成街道
小石川
伝通院
本郷
下谷茅町
湯島天神
石切橋
牛込
豊後関前藩
上屋敷
神田川
牛込御門
水道橋
表猿楽町
神田明神
尚武館佐々木道場
駒井小路
駿河台
田安御門
市谷八幡宮
神保小路
九段坂
昌平橋
筋違橋御門
俎橋
雉子橋
内藤新宿
四谷大木戸
市谷御門
一橋御門
千鳥ヶ淵
鎌倉河岸
善国寺谷通
麹町
四谷
江戸城
本丸
神田橋
四谷御門
大手御門
半蔵御門
西の丸
一石橋
道灌堀
平川天満宮
和田倉御門
呉服町
馬場先御門
鍛冶橋御門
南町奉行所
比丘尼橋
数寄屋橋御門
三十間堀
清水谷
溜池
木挽橋
氷川明神
木挽町
原宿
愛宕権現
長谷寺
宝泉寺
増上寺
芝
麻布広尾町
麻布村

本書は『居眠り磐音 江戸双紙 姥捨ノ郷』（二〇一一年一月 双葉文庫刊）に
著者が加筆修正した「決定版」です。

編集協力 澤島優子
地図制作 木村弥世

姥捨ノ郷

居眠り磐音（三十五）決定版

『居眠り磐音　江戸双紙　姥捨ノ郷』（双葉文庫版）を梶原直樹に捧ぐ

梶原直樹は第一巻『陽炎ノ辻』以来の編集者にして同志であった。
平成二十二年十二月十七日午後七時三十八分、永眠した。

合掌

佐伯泰英

第一章　山流し

一

安永《あんえい》八年（一七七九）、初秋の候、江戸は連日厳しい残暑に見舞われていた。

今津屋《いまづや》の老分《ろうぶん》番頭由蔵《よしぞう》は、この日、下谷《したや》広小路に御用で出掛けた。その帰路、思い立って神田明神に参り、拝殿前に向かおうとしたところで声をかけられた。

「今津屋の由蔵ではないか」

慌《あわ》てて振り返ると、梅林の茶屋で一服した様子の武家が従者を連れて立っていた。

「これは大屋《おおや》様ではございませんか。無沙汰《ぶさた》をしております」

由蔵は腰を折って挨拶《あいさつ》した。

大目付《おおめつけ》大屋遠江守昌富《とおとうみのかみまさとみ》とは田安家の家老時代に親しく交わりがあったが、安永四年（一七七五）に大目付に抜擢《ばってき》されて以来、縁が途絶えていた。

門前に乗り物と供を待たせている様子の大屋は従者に、

「欣哉《きんや》、茶屋に戻る。ここはよい」

と行列に戻し、

「由蔵、四方山《よもやま》話でもいたそうか」

と今出てきたばかりの茶屋に由蔵の意向も訊かずに引き返した。

「宮松《みやまつ》、そなたはここにて待ちなされ。辺りをふらふらしてはなりませんぞ」

小僧の宮松に注意を与えて参道脇《わき》に残すと大屋に従った。

大屋は梅林の茶屋とは馴染《なじ》みの様子で、由蔵を小座敷に招いた。

女将《おかみ》も心得たもので、店先から引き返してきた大屋と由蔵を、なにも言わず小座敷に上げた。

「ここの汁粉の小豆《あずき》が好みでな、密《ひそ》かに立ち寄るのだ」

と由蔵に言った大屋は、

「この者に名物の汁粉と茶を」

と命じた。

「殿様はお茶でようございますか」

頷《うなず》く大屋に女将はさがり、青葉が繁《しげ》る梅の木が見える小座敷に二人だけになった。

「わしも歳《とし》かのう。近頃独り言を呟《つぶや》くようになってな、困っておる」

大屋はいきなり奇怪なことを言った。

「大屋様は働き盛り、歳などということがありましょうか」

「いや、それが真《まこと》なのじゃ。もし独り言を言うようなら聞き流してくれぬか」

と念を押した。

その瞬間、田安家家老から幕府の要職に抜擢された英才の大屋の企てを由蔵は悟った。そして、
は、はあーん
と得心した。

「それはもう」

「表猿楽町《おもてさるがくちょう》で無粋な竹矢来が解けたそうな」

「おっ、それは」

と応じた由蔵が、

「大屋様、御用繁多のせいか、確かに独り言を仰《おつしや》いますな」

「聞き流せと言うたではないか」

「いかにもさようでした。近頃、私も十分甲羅を経ましたので、耳が遠くなりました。独り言とは分かりますが、内容までは判然といたしませぬ」

「独り言ゆえそれでよい」

と答えた大屋が、

「表猿楽町の主《あるじ》どのには、御側御用取次《おそばごようとりつぎ》として幕閣内のあちらこちらに親しい交わりがあるでな。神田橋の意向に反してなんとか御家取り潰《つぶ》しを免れた」

「おお、吉報にございます」

「吉報ではない。独り言じゃ」

「いかにも独り言。それにしても嬉《うれ》しい独り言にございます」

「切腹と御家取り潰しを免れた代わりに、甲府勤番支配に転じられる。体《てい》のよい江戸追放、山流しだ」

「速水《はやみ》様、いえ、表猿楽町の主様にどのような罪科《つみとが》がございますので」

「その問いに答えられるのは神田橋の主どのだけよ。今津屋とて表猿楽町の主どのと今までのような付き合いが戻ってくると思うなよ。神田橋の父子《おやこ》が権勢を揮《ふる》われるかぎり、何人《なんぴと》といえども口を閉ざして貝になっているにかぎるでな」

由蔵は首肯《しゆこう》すると、

「もはや甲府に発《た》たれましたか」

「蟄居《ちつきよ》の差し許しと甲府勤番支配の一件は極秘でな、昨日内示されたばかりじゃ。未だ出立《しゆつたつ》なされておるまい」

「相分かりました」

と応じた由蔵と大屋のところに名物の汁粉と茶が運ばれてきた。

「おお、これは美味《おい》しそうな」

由蔵が思わずにんまりした。

「であろう。じゃが、食するとそのような褒《ほ》め言葉では足りぬぞ。のう、女将」

と笑いかけ、

「殿様にはいつもご贔屓《ひいき》にしていただいております」

と如才《じよさい》なく応じた女将が再び小座敷から姿を消した。

「神保小路《じんぼうこうじ》の一件、なんとも非情な話であった」

「はっ、はい」

「養子がおったな。磐音《いわね》と申したか」

「はい」

「どうしておる」

「佐々木《ささき》磐音様とお内儀《ないぎ》のおこん様は旅に出られました。大屋様、こんどは私の独り言にございます」

「聞き流す」

「ただ今、お二人は尾張《おわり》名古屋に滞在中にございまして、尾州茶屋《びしゆうちやや》中島《なかじま》家と親しく交わりを得たとのことにございます。私の推測するところ、尾張藩もそのことは承知の上で、目を瞑《つむ》っておられるように思います」

「なに、佐々木家後継は尾張滞在中か。さすがの神田橋も迂闊《うかつ》に手は出せまいのう」

「いかにもさようにございます」

「それがし、表猿楽町の主どのには世話になった。むろん、主どのが甲府に山流しされる失態など一切ない」

と大屋が最前の話に戻した。

「ご時世にございます、大屋様」

「いかにもさよう。いつの日か甲府より表猿楽町に戻られる日を待っておる。由蔵、われら、表だっては動けぬ。なんぞ手助けすることがあれば、町人の今津屋に願うてよいか」

「心得ました」

二人はしばし歓談して大屋が先に茶屋を出た。一人残った由蔵はしばし思案した後、頃合いを見計らって茶屋を辞去した。

神田川に架《か》かる昌平橋に差しかかった由蔵は、小僧の宮松に、

「宮松、そなた、先にお店に戻りなされ」

「老分さん、どちらに」

「急用を思い付きました。一刻《いっとき》（二時間）ほどお店に戻るのが遅うなりますと旦《だん》那《な》様に伝えてくだされ。よいな、柳原土手《やなぎわらどて》の古着屋なんぞにひっかかり、道草を食うのではありませんぞ」

宮松に命じた由蔵は、若狭《わかさ》小《お》浜《ばま》藩酒井《さかい》家の表を抜け、酒井家の南側の塀に沿って甲賀町に入った。中級の旗本屋敷が並ぶ小路を抜けると、常陸土浦《ひたちつちうら》藩土屋家上屋敷から表猿楽町に出た。すると蟄居閉門が解けたという速水家の裏口付近に出た。

由蔵は辺りに目を配り、御用に伺った体で裏口に歩み寄ると、戸を押してみた。するとと日中のこと、出入りの商人《あきんど》のためか裏口がふわりと開いた。

由蔵は門内に身を入れた。

屋敷内はひっそり閑としていた。未だ屋敷じゅうを緊張が覆い、息を潜めて生きている雰囲気があった。

由蔵が、台所の勝手口と思《おぼ》しき戸口を認めて歩み寄ろうとすると、若い女衆《おんなし》が姿を見せた。

「主様はおられましょうか」

「どなた様にございますか」

「米沢町の両替商今津屋の由蔵と申しまして、殿様とは昵懇《じっこん》のお付き合いをいただいている者です。差し障《さわ》りなければ、殿様に由蔵が来たと伝えてもらえませぬか」

こっくり頷いた娘が台所に引き返したあと、由蔵は初秋の光がゆっくりと移動していく裏庭でしばらく待った。

人の気配がして顔見知りの用人が顔を見せ、声に出してなにか言いかけたが、結局無言のまま誘《いざな》った。速水家に初めて台所から入った由蔵は、直ちに奥へと案内された。

速水左近《さこん》は独り書院にいた。

「速水様、ご尊顔を拝し、由蔵、これに優る喜びはございません」

「お互い苦労をいたすな」

短い挨拶で万感の想いを伝え合った二人は、しばしお互いの顔を見合った。

蟄居を強《し》いられていた速水の顔は白く、頬《ほお》がこけていた。そのことが苦難の時節を思い起こさせた。

「さるお方から偶然にも、速水家の蟄居が解けたと知らされまして、かように参上いたしました」

「そのお方は、それがしの後職を申されたか」

「甲府勤番支配とか。真にございますか」

「速水左近、命を拾うた代わりに山流しに遭《お》うた」

速水が自嘲《じちょう》した。

甲府勤番は甲府城に駐在して、勤番衆を束ね、界隈《かいわい》の訴えも裁くという閑職であった。三千石高以上の旗本が選ばれたが、江戸中期ともなると、山また山に囲まれた土地での勤務は嫌われ、いつしか小普請組《こぶしんぐみ》や首尾のよくない旗本が懲罰的な意味で任ぜられたために、

「山流し」

とか、

「甲州勝手」

と呼ばれて蔑《さげす》まれた。

「速水様、ただ今はたれもが臥薪嘗胆《がしんしょうたん》の秋《とき》かと存じます。なんとしても生きながらえて、反撃の時節をお待ちくださいませ。由蔵、伏してお願い申し上げます」

と由蔵は頭を下げた。

「それがしが命をながらえた背景には、多くの方々の助命嘆願があってのことと聞いておる。速水左近、何度も腹を搔《か》っ捌《さば》くことを考えた。じゃが、家基様、佐々木玲圓《れいえん》どのとおえいどのの無念を思うと死に切れなかった。耐えたぞ、由蔵」

「速水様、よう思い留《とど》まられました」

両眼から涙が流れ出るのを、由蔵は必死に堪《こら》えた。

「恥を忍んで生きるのは、家基様が思い描かれた幕府改革を今一度推し進めんがためじゃ」

「驕《おご》る平家は久しからず。神田橋の専断横暴がいつまでも続くわけではございますまい」

そうであればよいがという顔で、速水が何度も首肯した。

「速水様、甲府にはいつお発ちになられますか」

「明後日じゃ」

「奥方様や若様方を屋敷に残しての赴任にございますね」

「それが武家の習わし、無理がきくわけもない」

「速水様、お留守のお屋敷のこと、ご案じなされませぬよう。旦那様に願い、この由蔵が時折りこちらに顔を出させていただきます」

「それは心強いかぎり」

　幾分憂いの表情が消えた速水左近が、

「佐々木道場の後継とわが養女はどうしておる」

　と尋ねた。

「田沼一派の刺客を逃れて、江戸を離れられました」

「なにっ、磐音どのもおこんも江戸におらぬのか」

　と応じた速水の顔に一抹の寂しさが宿った。

「お二人は、ただ今尾張に逗留《とうりゅう》中にございます」

　由蔵は知りうるかぎりの、江戸を離れた経緯やら近況を口早に伝えた。

「なんと、おこんにやや子が宿っておるとな」

「はい。おこんさんの腹には佐々木家の後継がおりますそうな」

「それがし、新たな生き甲斐《がい》ができたぞ。なんとしてもおこんの子をこの腕に抱かぬことには死ねぬ」

「速水様、もはや死ぬなどとお考えにならないでくださいまし。旅の空の下、磐音様もおこんさんも必死に耐えておられましょう」

「分かった、由蔵。生きる張り合いが出た。これで心おきなく甲府に出立できるわ」

速水左近がこの日、初めて晴れやかな顔をした。そこへ奥方の和子《わこ》の方が女衆を伴い、膳部《ぜんぶ》と酒の仕度をして姿を見せた。

「殿様、今津屋の老分どのが見えられたのです。本日は久しぶりに禁を解かれて、蟄居お許しの祝いに酒を召しあがりませぬか」

「奥や、他にも酒を飲む理由があるぞ。おこんが懐妊したそうな」

まあっ、と奥方の口から喜びの声が弾《はじ》けた。

由蔵と速水夫妻は、酒を酌み交わしながら屈託のない清談に時を過ごした。

由蔵が米沢町の両替商今津屋に戻ったのは、ようやく暑さが和らぎ始めた暮れ六つ（午後六時）前のことであった。

「老分さん、お帰りなさいまし」

と筆頭支配人の林蔵《りんぞう》が迎え、

(おや、昼酒を飲んでおられるぞ)

と顔をまじまじと見た。

「林蔵さん、私の顔になんぞついていますか」

険しい顔で見返した老分番頭に林蔵は思わず首を竦《すく》めた。

「まあ、ようございます。奥に通りますよ」

と言い残した由蔵の機嫌がよいのか、悪いのか判断が付かぬまま、林蔵は由蔵の背を見送った。

「ただ今戻りました」

廊下から声をかけた由蔵の顔を見たお佐紀《さき》が、

「おや、珍しいこともあるものですね。なんぞよいことがございましたか、老分さん」

と尋ねた。

「お内儀様、よいことと悪いことが一つずつございました」

由蔵が座敷に入り主夫婦の前に座すと、縁の下から蟋蟀《こおろぎ》の鳴き声が、

りりりぃ
と響いてきた。

「どちらからお尋ねしましょうかな」

「旦那様、神田明神にて大目付大屋昌富様にお会いしました」

と前置きして、大屋から告げられた速水左近蟄居お許しから甲府勤番支配に命じられたことを克明に告げた。

「よいお話とは、速水様の沙汰《さた》が解かれたことですな」

「いかにもさようです、旦那様」

「そして、悪い話とは、速水様が甲府に転じられることですか」

「お内儀様、そういうことです」

「速水様がなにかと罪科を着せられて切腹、御家断絶の沙汰が下ることを、私どもは案じてきました。その最悪の事態を免れ、田沼一派の手が届かぬ甲府勤番支配に命じられたこと、悪い知らせではございますまい。今は田沼様の専横に耐えるときです。それは切れ者の速水左近様も免れようがなかった。それでも生きておられるのです」

「老分さん、速水様のお屋敷で酒を馳走《ちそう》になられましたか」

「はい、奥方様と三人で、しばしの再会と別離の酒をしみじみと酌み交わしました」

「老分さん、名古屋のお二人、いえ、四人のことを話されたのですか」

「お内儀様、むろんですとも。新たな生き甲斐ができた、おこんの子をこの腕に抱かぬことには死ねぬ、とも」

「老分さん、悪い話ではございませんよ」

「速水様にはしばし甲府で英気を養うていただきますか、旦那様」

「そう考えたほうがよろしいでしょうな」

と応じた吉右衛門《きちえもん》が、

「名古屋の尾州茶屋様に書状が届いてもよい頃ですがな」

坂崎磐音《さかざき》とおこんが弥助《やすけ》と霧子《きりこ》を伴い、名古屋入りしたという話を、三味芳《しゃみよし》の六代目鶴吉《つるきち》から聞き知った今津屋では、尾州茶屋中島家に宛てて書状と百両の為替《かわせ》を送っていた。

今津屋では思案の末、通常の飛脚便を使うことなく、今津屋の関《かか》わりの弁才船《べざいせん》に託していた。田沼派の監視の眼を晦《くら》ますためだ。ところが遠州灘《えんしゅうなだ》で嵐に遭遇して舵《かじ》を破損し、途中の風待湊《みなと》に入り、修繕するために当地に十数日の滞在を余儀なくされていた。その知らせは主船頭からの飛脚便で今津屋に知らされていた。

託された書状の上書きは尾州茶屋の主中島清貴《きよたか》に宛てたものであり、磐音、おこん夫婦と二人の従者の面倒を宜《よろ》しく願うというものであった。またその分厚い封書の中に、磐音とおこんに宛てた書状を入れていた。江戸の近況を知らせるものである。そして、磐音とおこんが返書を認《したた》めるときには、尾州茶屋中島家を差出し人にし、商いの書き付けの体裁にしてほしいと願っていた。

磐音とおこんに宛てた書状に添えた百両の為替は鶴吉の強い希望によるものであり、金子《きんす》の元は田沼意次《おきつぐ》の愛妾《あいしよう》おすなが、三味線の代金として鶴吉に支払ったものの一部と説明してあった。

吉右衛門が言ったのはそのことだった。

「佐々木様からの返書はまだ時間がかかりましょう。速水様には、任地の甲府にお知らせすることになりそうですな」

「江戸を発たれる前にお知らせするのは無理でしょうね」

とお佐紀が呟いた。

「余計なこととは思いますが」

と前置きした吉右衛門が、

「老分さん、速水左近様をお見送りなされ。新宿追分《おいわけ》だと田沼一派の目が光っていましょう。最初の泊まり地の府中宿《ふちゅう》ならばまず大丈夫」

と言い出した。

そこまで考えが至らなかった由蔵はしばし、

「ううーん」

と唸《うな》っていたが、

「それなら、馬頭観音の渡し場まで見送ります」

と言った。

主従の相談はそれから半刻《はんとき》（一時間）に及び、由蔵は再び外出した。

同じ刻限、市谷門外尾張藩上屋敷を老中田沼意次の使者、用人井上寛司《いのうえかんじ》が訪《おとな》い、江戸家老の山脇兵庫之輔《やまわきひょうごのすけ》が応対した。

二

磐音はそのとき、尾張藩ご流儀影《かげ》ノ流藩道場にいた。相手は余目龍一郎《あまるめりゅういちろう》という門弟で長身の若者だった。

磐音ら一行は名古屋滞在二月《ふたつき》を過ぎ、尾張での暮らしに馴染み始めていた。おこんの腹も目立ってきた。それでも霧子を伴い、やや子の診察やら近くの朝市に買物に出たりして、

「聞安寺《ぶんあんじ》のお内儀様」

とか、

「おいね様」

と呼ばれて、なんとなく、

(名古屋城下での暮らしも悪くないわ)

と思い始めていた。

弥助と霧子の師弟は磐音とおこんの身辺に目を光らせ、田沼意次の刺客雹田《ひょうでん》平《ぺい》の動静に注意を払っていた。だが、このところ全く気配が感じられなかった。

尾州茶屋中島家でも尾張藩でも城下中に網を巡らし、田沼が放った刺客や密偵の探索を密かに続けていたため、雹田平もそう易々と磐音一行に近付けないのかと、雹に対する警戒心が薄らぐほどだった。

磐音は田沼一派との暗闘を繰り返しただけに、気を抜いていたわけではないが、

弥助も、

「若先生、いささかおかしゅうございますね。この長閑《のどか》さはなんの前触れでしょうか」

と訝《いぶか》るので、

「田沼様のことゆえ、われらを見逃すようなことは決してなさるまい。われらが油断した折りに必ずや姿を見せよう」

と互いに注意を怠らぬよう申し合わせた。

一方、磐音らの名古屋城下での暮らしがある落ち着きを持ってきたことは確かだった。それだけに、磐音も藩道場に連日朝稽古《あさげいこ》に通い、自らの体を苛《いじ》めることや尾張徳川家の家臣である門弟衆に稽古を付ける手を緩《ゆる》めることはなかった。

すでに門弟衆は、磐音が江戸神保小路の直心影流《じきしんかげ》尚武館《しょうぶかん》佐々木道場の後継であることを承知していた。

薩摩《さつま》示現《じげん》流南郷《なんごう》十《じゅう》右衛《え》門《もん》が藩道場を訪れ、清水平四郎《しみずへいしろう》として客分扱いを受ける武芸者が、坂崎磐音であることを暴露して勝負を挑んだからだ。

勝負は磐音の鮮やかな突きで決着を見た。

その勝負の後、道場を去ろうとする磐音に、

「あいや、清水どの、どちらに行かれるな。われら尾張は、そなたを清水平四郎どのとして受け入れ申した。そのこと向後も変わることなし」

と両家年寄の竹腰忠親《たけのこしただちか》が宣言し、

「一同よいな」

と眼光鋭い目で門弟衆を睨《にら》み回した。一同を代表してその言葉を受けたのは、道場主の石河季三次《いしかわきさんじ》だ。

「畏《かしこ》まって候」

一同が賛同を示して低頭した。

そのような次第で磐音は今も清水平四郎として尾張に滞在し、余目龍一郎にとって初めての稽古相手を務めていた。

十八歳の若武者は六尺三寸と若竹のようで手足も長かった。だが、まだ体ができているとはいえず、長い手足を持て余していた。なにしろ足腰が未だしっかりとしておらず、すぐに腰高に浮き、足がひょろついた。ために上体と下半身の動きがばらばらになった。

「余目どの、今日はここまでにいたそうか」

稽古をやめさせた磐音は、わずかな稽古に息が上がった余目龍一郎に深呼吸をさせた。しばらくすると弾む息が落ち着いてきた。

「余目どの、明日からしばらく打ち合い稽古をやめませぬか」

「清水先生、それがし、剣術の才がございませんか」

「そうではござらぬ。余目どのは、衆に優れた五体を親御様から頂戴《ちょうだい》なされた。これは剣術家にとって大層な利点にござる。されど、未だ体ができておられぬ。明日からは素振《すぶ》りの稽古をして下半身を鍛えるとともに、尾張柳生《やぎゅう》のかたちをしっかりと身につけられませ。体を作り足腰を鍛えるのは、どの流派でも決して欠かしてはならぬ修行にござる。さすれば、その後、大きな五体が利点になり、武器となり申す。しばらくは退屈な稽古が続きますが、結局そのほうが後々力が備わり、技が身につきましょう」

「素振りですか」

　龍一郎は打ち込み稽古をしている同輩らの稽古にちらりと目をやった。

「余目どの、何事も急がば回れです。素振りはそれがしとともにやりましょう」

「えっ、清水先生がそれがしの素振りに付き合《お》うてくださるのですか」

「素振りは剣術の基本にして奥伝でもあります。剣の達人と呼ばれた方々も、迷いが生じたときは初心に返り、素振りの稽古をなして迷いを振り切り、我を取り戻すのです」

「やります」

と余目龍一郎が答えた。

「余目どのは長身ゆえ、四尺四、五寸余の軽めの木刀を用意してくだされ」

「長くて軽めの木刀ですか」

龍一郎は素直な性格とみえて、磐音の言葉を頭に刻み込むように声にした。

「桐の木刀ならばうってつけですが、樫《かし》の木刀でも細身のものなら随分と軽くなりましょう」

と磐音は指示した。小首を傾《かし》げた龍一郎が、

「桐の木刀で力が付きますか。それに、打ち合えばすぐにも折れそうだ」

「このような木刀で打ち合うことはござらぬ。素振りのかたちと手首の返し、筋肉の使い方を覚えるための道具です」

「承知しました」

と龍一郎が得心したとき、

「清水どの」

と声がかかった。振り向くと、顰《しか》め面をした用人の渡辺三左衛門《わたなべさんざえもん》が、使い込ん

だ赤樫の木刀を携えた武芸者を従え、立っていた。

尾張道場の床をしっかりと捉《とら》えた大きな足と、何度も水を潜《くぐ》った刺し子の稽古着が磐音の目に留まった。龍一郎と対照的な武芸者だった。

龍一郎が武芸者に目を留めて身震いした。

「渡辺様」

磐音は渡辺に視線を移した。

「清水どの、そなたに、柳生の庄より尾張柳生に修行に出てこられた木澤《もくざわ》利公《りこう》どのを紹介いたそうか。この者、いささか風変わりの仁とみた。尾張柳生影ノ流道場の数多《あまた》おる門弟を差し置き、そなたと稽古がしたいというのだ。致し方なくそれがしが口添えした」

渡辺用人の顔と口調には以前と違って尊敬の念があった。なぜなら、正体が知れぬ清水平四郎がなんと、紀伊《きい》閥を背景に老中まで成り上がった田沼意次の刺客を逃れて旅する坂崎磐音の偽名であったことを知ったからだ。

未だ客分清水平四郎として通す磐音を名指ししてきた木澤に憤慨しながらも、見るからに歴戦の兵《つわもの》の木澤を清水平四郎、いや坂崎磐音にぶつけてみたいという好奇心が入り交じっていた。

磐音は大和《やまと》柳生と尾張柳生に交流があることにいささか驚きを持った。

だが、源流を探れば柳生石舟斎宗厳《せきしゅうさいむねよし》に行きつく。それに大和と尾張はそう遠い距離ではない。柳生新陰《しんかげ》流の二派に対抗心と同時に交流があったとしても、当然のことだった。

木澤利公は四十前後か、身丈五尺七寸余ながら足腰が鍛え上げられてどっしりとしていた。また若い余目龍一郎など向き合って眼光鋭く睨まれたら、身が竦みそうな迫力があった。

「それがし、清水平四郎にございます。ご指導願います」

磐音の会釈《えしやく》に木澤は、うむ、と答えたのみだ。

「木刀稽古にございますか」

「うーむ」

木澤は極端に口数が少なかった。

これは稽古などというものではない、と磐音は覚悟した。

「承知いたしました」

と答えた磐音に、

「清水先生、それがしが先生の木刀をとって参ります」

と磬音の木刀が掛かる壁に龍一郎が走っていった。

渡辺用人は、お膳立てを整えると見所《けんぞ》に向かった。

「爺《じい》、大和柳生がうちに出稽古にと願うてきた者か」

「竹腰様、いかにもさようにございます。柳生の庄の笠間《かさま》厳右衛門《げんえもん》どのの添え状を持参し、その中に、しばらく尾張柳生の藩道場にて住み込み稽古をさせてくれぬか、とございましたでな。それがし、本日、かように同道いたしました」

「爺、清水平四郎どのと立ち合いをなすようだが、あの者が願うたのか」

「あやつ、なかなか横柄な者にございましてな、口の利《き》き方も弁《わきま》えませぬ。道場に入るやいなや、ぐるりと稽古の門弟を見回し、あやつと稽古がしたいと、清水平四郎どのを指して申し出たのでございます」

「そなたの一存で許したか」

「なんぞ差し障りがございますか」

竹腰山城守《やましろのかみ》忠親が道場主石河季三次を見た。

「竹腰様、かくなる上は清水どのにお任せするしかございますまい」

磬音が木刀を手にしたのを見て石河が言い、竹腰が頷いた。

門弟衆が立ち合いを見物するために稽古を中断し、左右の壁際に下がった。

磐音は、改めて木澤と向き合った。

眼にめらめらとした殺意が宿り、磐音を睨み据えた。

木澤が太い赤樫の木刀を八双《はっそう》に立てた。

これは稽古などではない、とだれもが察するほどの殺気が漂った。

「木澤利公とは本名にございますか」

「そなたと違うて、偽名を名乗る謂《いわ》れはない」

と相手が答えた。

「大和柳生の門弟衆ではございませんな」

磐音の問いに答えはなかった。

「そなた様には剣術修行をなす者のひたむきさが一向に感じ取れませぬ」

磐音の長閑な問いに木澤がしばし躊躇《ためら》った後、

「江戸神保小路、直心影流尚武館佐々木道場の後継佐々木磐音、そのほうの命頂戴した」

と木澤の口から大音声が響き渡った。

藩道場にざめわきが走った。

磐音はしばし沈思した。尾張柳生と尾張藩に迷惑がかからぬ道はないかと思案するためだ。

「しゃっ」

と見所の渡辺三左衛門が驚きの声を上げた。

「爺、大和柳生があのような怪しげな武芸者を送ってくるものか」

と竹腰忠親が言い放った。

「笠間厳右衛門どのの添え状を持参したのでございますぞ」

「爺、騒ぐでない。偽書などいくらも作れるわ」

「あやつ、何者でございますな」

「今、正体が知れるわ」

と竹腰が応じたとき、

「そのほうが遁《のが》れる道はない」

と木澤が叫んだ。

「木澤どの、暫時《ざんじ》時を頂戴できぬか。それがし、当道場や尾張藩に迷惑がかかることをしとうはござらぬ。そなたとの戦いの場を、どこか別の場に設けたいのでござる」

と言うと磐音はその場に座し、見所を見た。

「石河季三次様にお詫《わ》びいたします。それがしを清水平四郎として遇していただいた親切、生涯忘れることはございませぬ。木澤どのが言われるとおり、それがし、江戸神保小路直心影流尚武館道場の佐々木磐音にござる。されど、いささか曰《いわ》くありて清水平四郎を名乗りました次第。ただ今、木澤どのより立ち合いを申し込まれし一件、武芸者として避けて通ることは許されますまい。されど尾張藩道場を血で汚したくはござらぬ。道場外の庭を拝借できませぬか」

磐音の発言は、田沼意次と尾張藩との今後の関わりを考えたとき、石河らが磐音の身分を知らなかったことにすべきだと考えてのものだった。

「清水どの、いや、坂崎磐音どの、さような斟酌《しんしゃく》は無用に願おう。その仁が、偽書とはいえ、われらと同根の大和柳生の添え状を携えて尾張藩道場に潜り込んだ以上、われらにもいささかの落ち度はござる。剣者が道場で立ち合い、血を流すは兵家の常。さようなことを案じめさるな」

「石河様、坂崎磐音、返す言葉もござらぬ。この場をお借りいたします」

石河に会釈した磐音は、改めて木澤利公に向き合った。

「木澤どの、お待たせ申した」

「小賢《こざか》しい生き方をしてきたものよ」

吐き捨てた木澤が、一旦《いったん》下ろした木刀を八双に構え直した。

磐音はそれを見て正眼《せいがん》に構えをとり、

「そなた様がどなたに雇われたか、それがし、尋ねはせぬ。詮無《せんな》い話にござればな」

と静かに言い放った。

馬飼籐八郎《うまかいとうはちろう》は見所下の床に座し、両雄の対決の様子を間近に見ていた。

木澤利公の五体には殺気が満ち溢《あふ》れ、清水平四郎こと坂崎磐音を一撃のもとに殴り殺すという殺伐とした気迫が漂っていた。

一方、磐音は正眼に木刀を置いたが、居眠り剣法の異名そのままに、

「春先の縁側で日向《ひなた》ぼっこをしている年寄り猫」

の風情《ふぜい》で春風駘蕩《しゅんぷうたいとう》たる構えだった。

影ノ流藩道場の面々が磐音の立ち合いを見るのはこれで二度目だ。

間合いは一間。

木澤がじりじりと間を詰めてきた。

だが、磐音は微動だにせず、静かにその時を待ち受けていた。

馬飼は、磐音の静かなる受けを驚嘆の目で見ていた。古兵《ふるつわもの》の武芸者の挑戦を受けて、かくも泰然自若としていられるものか。

一方、木澤利公の陽《ひ》に焼けた顔がさらに紅潮して、こめかみに浮き上がった血管がぴくぴくと動いているのが見えた。
「きええいっ！」
と叫んだ木澤が曲げていた両腕を伸ばして突き上げると、一気に間合いを詰めてきた。
重く太い木刀が、不動の磐音の脳天に雪崩《なだ》れ落ちてきた。
そより
と路地裏に微風《そよかぜ》が吹き抜ける体《てい》で、磐音は落ちてきた木澤の木刀を弾いた。二つの木刀が絡《から》み、
かーん
という乾いた音を響かせた。
剛と柔。
一瞬絡まった木刀を基点に磐音が身を移し、
するり
と相手の圧倒的な力を利して体勢を変えた。
とっとっと

勢い余った木澤が数歩前進した。

磐音はすでに、その場で擦《す》れ違わせた木澤に向き直っていた。

木澤は、躱《かわ》された木刀を車輪に回し、背後からの磐音の反撃を牽制《けんせい》した。だが、磐音はその場を全く動かなかった。

向き直った木澤の顔に驚きと恐怖が漂った。

重い赤樫の木刀の無数の疵痕《きずあと》は、これまで対戦した相手が受け損じ、木刀をへし折ったときにできた疵だった。だが、正眼の木刀を伸ばして受けた相手に、木澤は力を吸い取られていた。

（なんだ、これは）

これまで対決してきただれとも違う感触だった。

命を賭《と》す、これしかないと木澤は瞬時に判断し、集中力を蘇《よみがえ》らせた。

再び八双にとった木澤に対して、磐音は寸分《すんぶん》違わない正眼の構えで応じた。

睨み合い、またしても木澤が、

「きええいっ！」

と肚《はら》の底から裂帛《れつぱく》の気合いを吐き出すと同時に、鍛えた鋼鉄の五体を木刀に乗せて走った。

間を詰めた。

電撃の勢いで木刀を打ち下ろした。

磐音が後《ご》の先《せん》で動いた。

互いの木刀が相手の脳天と額に向かって落ちた。

がつん
という音がして、前かがみの木澤利公の体がくねくねと動き、その反動で一瞬体が立った。

磐音も半間《はんげん》の間合いでその場に動きを止めていた。

木澤の手から木刀がぽろりと落ち、
がたん
と音を響かせ、床に転がった。

尾張影ノ流道場は森閑として声もない。

その中に石河季三次の声が響いた。

「木澤利公、敗《やぶ》れたり」

木澤は体をよろめかせていたが、それでも必死に立て直し、

「坂崎磐音、どこに隠れ潜もうと江戸からの刺客はこれからも続く。一旦は佐々

木の姓を継いだ坂崎磐音を斃《たお》すまでな」

と言うや、尾張藩道場に横倒しに倒れ込んだ。

「ふうっ」

と息を吐いたのは木澤利公を連れてきた渡辺三左衛門だった。

磐音は見所に向かって座すと、道場主石河に深々と一礼した。

「坂崎磐音どの、見事な勝負にござった」

石河に会釈を返した磐音は、見所にいる竹腰忠親に視線を向けた。

「竹腰様」

「なにも言うでない、坂崎どの」

と声を張り上げた竹腰が、

「奥に来られよ」

と磐音に言った。

三

江戸日本橋から甲州道中をおよそ七里半行くと、多摩川を前にした府中宿があ

った。府中宿は旧名を小野県《おのあがた》と称し、

「武蔵《むさし》の国府にして上古国造《じょうこくにのみやつこ》居館」

であった。

宿内は東西およそ五、六丁、戸数四百数十軒、住人二千七、八百人余りの、甲州道中最初の宿泊地であった。

『旅案内』には、

〈生糸もて生業《なりわい》をする人多く住めり、このほか多く旅宿ありて、宿場の様子家並清らかにみえて、貧しきものすくなかるべく見ゆ〉

と記されてあった。

府中はこの界隈の物産の集散地であり、多摩川名物の鮎《あゆ》が獲《と》れる季節になれば、天秤《てんびん》に下げた籠《かご》に獲れたての鮎を入れて未明には江戸に運び、早朝から江戸八百八町に、

「多摩川のあゆ」

の売り声が響いた。真っ暗なうちに運ばれてくる鮎を、初夏の到来として待ちわびる江戸の人々がいた。

武蔵国の六所を合祀《ごうし》して武蔵総社六所宮となり、里人に大國魂《おおくにたま》と呼ばれる神社

を中心に、清らかにして豊かな宿が府中であった。

甲州道中に秋を告げる蜻蛉《とんぼ》が飛び交い、夕暮れに虫の声が涼しげに儚《はかな》げにすだく頃合い、大國魂神社前の旅籠《はたご》内籐屋に武家の一行が到着した。

武家は、従者三人を伴っただけの元御側御用取次速水左近であった。

将軍の御側衆から老中支配甲府勤番への転任は明らかに左遷であった。甲府勤番支配は旗本三千石高が役知《やくち》千石で務めたが、幕閣の中心にあった者が転ずる役職ではない閑職である。そうでなくとも旗本の間では、

「甲府勤番山流しにだけは就きたくない」

と言葉が交わされていた。

それにしても甲府勤番に転ずる大身《たいしん》旗本速水家である。赴任に際して三千石高にふさわしい行列を組むことが習わしであり、当然、本陣、脇本陣に泊まることはできた。

だが、蟄居謹慎が解けたばかりの速水左近は仰々しい行列を避け、従者頭の北《きた》村《むら》小三郎《こさぶろう》、小姓の悠木《ゆうき》平八《へいはち》、老中間《ちゅうげん》の猪造《いぞう》だけを同道しての甲府転勤であった。

そこで府中宿でも官舎である本陣、脇本陣を避けて、旅籠の内籐屋に投宿しようとしていた。

「江戸より速水様ご一行お着き」

の男衆《おとこし》の声に玄関に飛び出してきたのは、今津屋の老分番頭由蔵であった。

「由蔵、かようなところでどうした」

「見送りにございます」

「それにしても、それがしが内籐屋に泊まるとよう分かったな」

「用人様にお尋ねいたしました」

「ただ今の速水左近は水に落ちた犬ぞ。由蔵、竹竿《たけざお》の先で水中に押さえつける真《ま》似《ね》だけでもせぬことには、今津屋はどなたかの勘気を蒙《こうむ》ることになろうぞ」

「そのときはそのときのことにございますよ」

と居直ったように応じた由蔵が、

「ささっ、女衆、濯《すす》ぎ水を運んでくだされ」

とさながら内籐屋の番頭に早変わりした体《てい》で指図した。

「由蔵、あとで泣き面《つら》をしても知らぬぞ」

江戸を離れて心が解放されたか、上がりかまちに腰を下ろしながら速水が笑った。

「速水様、今津屋は真っ先にあちら様から目を付けられております。これ以上のことはございますまい。それに別離の盃《さかずき》をなすは人の情、それまでを神田橋も差し止めることはできますまい」

「由蔵、その三文字、口にすな。折角の旅情が消えてしまうわ」

と速水が渋い顔をしたところに、ささっ、こちらへ、と由蔵が大階段から二階座敷に案内に立った。

街道に面し、大國魂神社の杜《もり》と向かい合った座敷は、角部屋ながら六畳間一つであった。

主従四人が泊まるにしてはいささか狭すぎた。

「老分どの、控えの間のある座敷はなかったか」

と従者頭の北村小三郎が由蔵の耳に囁《ささや》いた。その声を聞いた速水が、

「小三郎、われら物見遊山《ものみゆさん》の旅ではない。赴任地に向かう道中じゃ。贅沢《ぜいたく》を言うでない」

と注意した。

「いかにもさようでしたな。それにしてもいささか狭うございました」

と主従の会話を受けた由蔵が、

「北村様、襖《ふすま》をお開けください」

と願った。

「なにっ、隣室もわれらの部屋か。それを早く言わぬか。殿から叱《しか》られずに済んだものを」

と言いながら襖を開いた北村が、愕然《がくぜん》と立ち竦んだ。

速水も北村の背越しに隣の間を覗《のぞ》いた。

三間をぶち抜いた座敷に二十数人の人々が居流れて、速水左近に会釈を送り、低頭した。

二十数人には西の丸用人田之神空右衛門《たのかみくうえもん》、家基の御近習《ごきんじゅ》衆の三枝隆之輔《さえぐさりゅうのすけ》、五木《いつき》忠次郎《ただじろう》、元尚武館師範にしてやはり家基の御側に仕えた依田鐘四郎《よだかねしろう》、品川柳次郎《しながわりゅうじろう》ら武家がいた。さらに速水が知った顔に御典医の桂川甫周国瑞《かつらがわほしゅうくにあきら》らがいて、なんと吉原会所の四郎兵衛《しろべえ》の顔もあった。

残りは町人であった。

普通、旗本が遠国に転任する場合、同輩知己が東海道なら品川宿か六郷《ろくごう》の渡しまで、甲州道中なら内藤新宿辺りまで見送って別離の盃を酌み交わすのが習わしだった。

だが、こたびの甲府勤番は明らかに田沼意次の意を含んだものであるため、付き合いのあった大名諸家も旗本衆も、田沼の報復を恐れて見送りに加わることを避けた。

速水左近も従者も、せめて内藤新宿にひっそりと見送りの者がいるのではと期待したが、一人としていなかった。

「殿、人情紙の如《ごと》しです。石もて追われるようで腸《はらわた》が煮えくり返ります」

「小三郎、口にしては詮無い。これが世間というものよ。じゃが、磐音どのとおこんの旅に比べれば、われらが道中は呑気《のんき》なものであろう」

「殿、若先生とおこん様の旅はそれほど剣呑《けんのん》にございますか」

「毎日、どなたかが放たれた刺客との戦いに明け暮れておろう」

そのようなことが、と北村が応じて黙り込んだ。

府中宿に着いてみれば様相ががらりと異なった。

この場に集う人々が速水左近に微笑《ほほえ》みかけていた。中にはこの人事に憤慨の体の商人もいた。

「由蔵、これはなんの真似か」

「速水様に江戸で世話になった方々に声をかけましたところ、皆様、どうしてもお別れがしたいと言われました。速水様のお気持ちに叶《かな》うかどうか、私の勝手でかような場を設《しつら》えました。江戸から七里半と離れた府中宿にございます。どうか江戸のあれこれはお忘れになって、一夜、別離の盃を私どもと酌み交わしてくださいませ」

と由蔵が願った。

「なんと思いがけないことか」

と嘆息した速水左近はその場に座すと、

「ご一統、久しぶりにござった。どの顔も懐《なつ》かしく、生きて見《まみ》えることができようとは速水左近、想像だにしえなかった。こたび、甲府勤番支配を命じられ、赴任地に向かうことになったが、府中宿でかように知己諸氏と別れができるとは、これ以上の感慨はござらぬ」

「速水様、多摩川の名物は鮎にございます。毎年五月、六月から旬《しゅん》の鮎漁にございまして、未だ脂が乗った鮎が釣れます。今宵《こよい》は、鮎釣り名人が釣り上げ、庭の池に飼うていた鮎を塩焼きにてお楽しみ頂くつもりでございます。魚よし酒よし、一夜心おきなく歓談いたしましょう」

と由蔵が言い、

「速水様、内籐屋は貸し切りにございます。江戸からの旅塵《りょじん》を湯で流しておいでになりませぬか。その間に膳の仕度をさせておきます」

と願った。

「由蔵、友人知己を待たせて湯に入るなど無礼ができるものか」

「いえ、江戸の嫌な思いをどうか府中の地で洗い流し、多摩川を渡ってくださいませ」

由蔵は強引に主従一行を湯殿に送り込んだ。

四半刻《しはんとき》（三十分）後、速水らが座敷に戻ってみると、膳部が並び、速水左近主従の席だけが空けてあった。

「ご一統、旅籠の湯に身を浸《つ》けたら、長い間胸を覆っていた暗雲が一気に消え去ったようにござる。速水左近、晴れやかな気持ちで甲府に行くことができ申す。このとおり、お礼を申す」

と速水が頭を下げ、一統を代表して田之神が、

「速水様、その節はご心痛をおかけいたしました。それがし、あの雪の日のことが未だ忘れられませぬ」

「田之神どの、この場に集うご一統は皆同じ考えでござろう。あの日の憤激と哀《かな》しみがいつ癒《い》えるのか、いや、生涯ついて回る出来事でござろう。じゃが、折角

由蔵がかような場を設けてくれた。今宵はご一統と久しぶりに心おきなく清談いたしとうござる」

「いかにもいかにも」

と座のあちらこちらから声が応じて、身分も、置かれた立場も忘れての和やかな宴《うたげ》が始まった。

宴は二刻（四時間）ほど続き、速水は長い蟄居閉門から解放されたことを、知己らと歓談することでようやく実感することができた。

「ご一統、いつまでも名残《なご》りは尽きぬ。じゃが、朝《あした》には東と西に別れる身。速水左近、今宵の宴を生涯忘れることはござらぬ。蟄居の間、老いをつくづく感じ、漢の武帝《ぶてい》の詩を読み返して時が過ぎるのを待っておった。その中に、それがしが決して忘れぬであろう『秋風《しゅうふう》の辞』がござった」

速水左近は姿勢を正すと、甲高く透き通った声を張り上げた。

「秋風起こりて白雲《はくうん》飛び
草木黄落《そうもくこうらく》して　雁《がん》南に帰る」

頰がこけた三枝隆之輔の瞼《まぶた》に熱いものが込み上げてきて、思わず拳《こぶし》で両眼を拭《ぬぐ》った。その隣の席では、五木忠次郎の手が袴《はかま》の腿《もも》をぐいっと摑《つか》んで震えていた。

速水の声が遠くから聞こえるようで、二人の心は無上に寂しかった。

柳次郎は、品川家廃絶の危機を救ってくれた恩人の声に涙した。

主の家基を亡くした衝撃と心の空白は、三枝と五木、二人の心を苛《さいな》んだ。未だなにも癒えてはいなかった。だが、今日の宴に出て、己一人の哀しみでないことをその場にある全員は知った。

速水の声が耳に戻ってきた。

「歓楽極まりて　哀情多し
少壮　幾時《いくとき》ぞ　老ゆるを奈何《いかん》せん」

速水左近の甲高くも透き通った声が尾を引くように消えていった。すると桂川国瑞が立つと速水左近に会釈を送り、

「私は、武帝の『秋風の辞』に応《こた》えて、王維《おうい》の『渭城《いじょう》の曲』を吟じます。速水様は未だ老いを云々《うんぬん》する齢《よわい》ではございません。秋の詩より、青々と芽吹く楊《やなぎ》を冒頭に詠《よ》んだ春の詩がふさわしゅうございます。どうか甲府の地で英気と気力を養われて、来るべき秋《とき》に備えましょう。必ずや坂崎さんとおこんさんがお子の手を引いて江戸に戻ってこられます。その秋、必ずや」

と国瑞は含みを残して言葉を切ると、

「渭城の朝雨《ちょうう》　軽塵《けいじん》を浥《うるお》す
　客舎《かくしゃ》青々《せいせい》　柳色《りゅうしょく》新たなり
　君に勧む　さらに尽せ一杯の酒
　西のかた陽関《ようかん》を出づれば　故人無からん」

故人とは旧友のことだ。

「無からんなからん故人無からん
　無からんなからん故人無からん」

国瑞の声に合わせてその場の全員が、謡い終わったあとにさらに最後を繰り返した。陽関三畳《ようかんさんじょう》と言われる所以《ゆえん》だ。そして、別離の詩が府中内籐屋の二階座敷から静かに消えていった。

翌未明、江戸の一行と別れた速水左近主従は、府中外れの渡し場の一番船で多摩川を渡った。多摩川はこの辺りで川幅六十間余り、四月より九月末までが船渡しで、渇水期の冬は土橋を築いて渡った。

一番船とあって大勢の旅人が乗り合わせた。

「殿、思いがけない別離の宴にございましたな」

と北村小三郎が言った。

「知り合いとはよいものじゃな。これで心を平らにして甲府勤番支配の御用を務めることができる。昨夜《ゆうべ》、磐音どのとおこんが子を連れて、甲府を訪ねてくる夢を見た」

「正夢にございますよ」

「楽しみなことよ」

六十間余の流れを横切った渡し船が日野側の渡し場に到着した。

「小三郎、本日は甲州道中での最初の難所、小仏《こぼとけ》峠越えじゃぞ。昨夜の酒を体内から絞り出すつもりで歩こうか」

まずは日野宿を目指し、この宿場を五つ（午前八時）前に通過した。日野宿より八王子宿まで一里二十七丁、この宿場で一行は休息をとった。小仏峠越えを考えてのことだ。

八王子を出たのが四つ（午前十時）過ぎの時分で、駒木野《こまきの》を昼前に過ぎて一気に峠越えにかかった。するとせせらぎの音が高くなり、速水左近一行の前後から旅人の姿が消えた。

「峠上に茶店があると聞いておる。昼餉《ひるげ》は峠を登ったところで、相模国《さがみのくに》を見ながら摂《と》ろうかのう」

と北村小三郎に言いかけた速水は、脳裏に、

「都落ち」

という言葉が浮かんだ。だが、昨夜の別離の宴を思い出して、

（それがしには未だわれを見捨てぬ友がいる）

と心を強くした。そして、養女のおこんが異郷の地で子を産もうとしている勇気を思った。養父がこれしきのことでくじけていてどうすると、速水左近が自らを鼓舞したとき、急峻《きゅうしゅん》な曲がり角の路傍に一人の武芸者が立っているのを認めた。

旅の武芸者にしては道中嚢《どうちゅうのう》もなにも荷がなかった。汗が滲《にじ》んだ袷《あわせ》に裾《すそ》の解《ほつ》れた裁《た》っ着《つ》け袴《ばかま》、腰間《ようかん》に塗りの剝《は》げた大小を差し落としていた。

「小三郎、いささか訝しげな者じゃ。油断するでない」

と従者に注意を与えた。

待つ人が剣を抜いた。

「と、殿様。背後からも怪しげな武芸者が」

と猪造が言った。

速水が振り向くと、短槍《たんそう》を肩に担いだ武芸者三人が間を詰めてきた。

「田沼意次め、この左近を始末する気で甲府勤番に送り出したか」

と呻《うめ》いた速水は刀の柄袋《つかぶくろ》をとると鯉口《こいぐち》を切った。

すでに前方の一人とは五、六間に詰まり、後方から三人がさらに挟撃してきた。

「小三郎、それがしが前方の敵を始末いたすゆえ、その間にそなたらは峠を目指して走れ」

と命じた。

「いえ、それがしも戦います」

「小三郎、一対一ならば切り抜けることもできよう。背後の敵が加わると、われら全員、小仏峠にて討ち死にすることになるぞ」

速水左近が答えながら、後ろを確かめた。すると三人の背後に、なんと尚武館の客分、槍折《やりお》れの名人小田平助《おだへいすけ》の飄々《ひょうひょう》とした姿が見えた。

「速水の殿様、こん平助が三人ば始末しますけん、心おきなくそん前の野郎ば叩《たた》き伏せてくれんね」

「小田平助どのか。助かった。しかし、何故《なぜ》かような場所におられるな」

「なんちゅうことはなかたい。今津屋の老分さんに頼まれてくさ、陰ながら速水様方を甲府まで警護するお節介にございますばい」

速水左近は前方の相手に集中することにした。そうとなれば、尚武館佐々木道場で稽古を積んだ速水左近だ。

「そのほう、神田橋に頼まれたか」

「速水左近、もはや江戸に戻ることは叶わぬ」

「愚か者が」

と言い放った速水左近が刀を抜いたとき、背後で槍の柄が折れる音が響いて、ぎゃあ、ううっ、という呻き声が続けて上がり、

「ご大層な格好して、そん程度の腕前な。よう武芸者でござるちゅう一丁前の面《つら》しとるな。ほれ、三人目、ちったあ、骨があるところば見せちゃらんね」

と言う声がした。

にたり
と笑った速水が間合いを詰めた。

突然現れた影警護に動揺したか、前方の武芸者が勝負を急いで速水に斬《き》りかかってきた。

「忝《かたじけな》い。助かった」

坂下から身を低くして飛び込んだ速水左近の必殺の胴斬りが、相手の脇腹に決

まった。佐々木玲圓仕込みの大胆に踏み込んでの必殺胴斬りだ。

「ぎえぇっ！」

と叫んだ刺客はもんどり打って路傍に落ち、崖《がけ》を転がり、谷底に転落していった。

ばしん
という鈍い音がして小田平助の槍折れが三人目を仕留めたか、

「呆《あき》れてものが言えんばい。まるで手応《てごた》えなかと。木偶《でく》の坊たいね」

と言う声が峠道に長閑に響いた。

四

尾張柳生影ノ流の総本山ともいうべき藩道場では、静かに一つの動きが進行していた。

名古屋城下に逗留していた武芸者清水平四郎が、江戸は神保小路にあった直心影流尚武館佐々木道場の後継佐々木磐音、いや、今や坂崎磐音と知れたのだ。

むろんその以前から、道場主石河季三次、付家老《つけがろう》竹腰忠親らは清水平四郎の正体を承知して、名古屋滞在を許してきていた。

だが、田沼意次が放った刺客が藩道場を訪れ、磐音の身分を明かしたことで、藩道場門弟衆のみならず名古屋城下にそのことが広まるのは時間の問題だった。

尾張名古屋でも、直心影流尚武館佐々木道場の武名も、道場主佐々木玲圓の技《ぎ》倆《りょう》と人柄も知れわたっていた。また玲圓の後継の磐音が西の丸家基の剣術指南役に就いたことも承知していた。

そして、家基急死の後、尚武館佐々木道場の玲圓とおえい夫婦が家基の死に殉じたことも、尚武館佐々木道場の存在が危険と考えた田沼意次の命《めい》で取り潰しにあったことも、江戸からの急使によって名古屋に齎《もたら》されていた。

なんと、殉死した玲圓の後継が清水平四郎なる偽名を用いて尾張に滞在し、藩道場で稽古や指導に努めていたのである。

門弟衆は衝撃的な事実を薩摩示現流南郷十右衛門の口から聞かされても、冷静に受け止め、付家老の命のとおり清水平四郎として遇してきた。

だが、田沼の刺客が姿を見せた。

木澤利公との木刀勝負の鮮やかな結末は、藩道場の門弟衆に、

「さすがは直心影流尚武館佐々木道場の後継佐々木磐音」

と得心させた。

同時に、身重の女房を連れて、田沼一派の追跡を避けて逃避行を続ける磐音とおこんの苦難の日々に、門弟衆は同情した。

藩道場の一部の者だけが清水平四郎の正体を承知しているのと、老中田沼意次が目の敵《かたき》にする人物佐々木磐音または坂崎磐音と承知の上で名古屋滞在を許しているのとでは、その意味は大いに違う。

門弟衆だけがそのことを秘匿しているなら、後日その身分が判明しても、知らなかったで尾張藩は言い抜けられた。だが再び藩道場の門弟衆全員の前で、木澤利公が、

「佐々木道場の後継佐々木磐音」

と告げた事実によって、尾張藩は取り潰された尚武館佐々木道場の後継佐々木磐音と認知した上で匿《かくま》っていることになった。

この事実は、尾張藩が面と向かって、幕閣を専断する田沼意次とその一派と対立することを意味した。

田沼は家基の死後、家基の実父家治により養子を選ぶ全権、

「御養君御用掛《おんやしないぎみごようがかり》」

に命ぜられていた。

家治の養子を選ぶということは、自動的に次の将軍を選定することだ。それは田沼意次が家重、家治、さらには田沼の一存で決まる新将軍の三代にわたり、権勢を揮うことでもあった。

御三家筆頭の尾張とて無視できる事態ではなかった。

田沼の刺客が大和柳生の門弟と偽って藩道場を訪れ、磐音との対決に敗れた後、再び清水平四郎の身許《みもと》を明かして死んでいった事実は尾張にとって重大事であり、それを無視するのは田沼意次一派への宣戦布告に他ならない。

「佐々木道場の後継佐々木磐音を匿うなら、それなりの覚悟をせよ」

と迫ることは容易に察せられた。

ゆえに付家老竹腰忠親は、あの場での磐音の発言を封じ、奥座敷に来るように命じた。

磐音は、木澤利公との対決のあと、尾張を立ち退《の》く決意を即座にしていた。だが竹腰は、その口を封じて一対一での話に持ち込もうとした。

磐音の正体を知った後、名古屋滞在を容認した付家老竹腰忠親には、御三家筆頭尾張藩の意地があった。また磐音の正体はすでに藩主の宗睦《むねちか》に報告され、藩主も承知していた。

　この場には途中から道場主石河季三次が同座した。

「坂崎磐音どの、われらはすでにこのようなことを想定して、そなたの名古屋滞在を許してきた」

「名古屋滞在は短うございましたが、坂崎磐音、生涯忘れえぬ感激であり、思い出にございます」

「待たれよ、坂崎どのの一存で事を決してくれるな。われら尾張には、尾張の意地がござる。八代将軍吉宗様がまだ紀伊藩の部屋住みであった折り、召し出した家来の子が、ただ今江戸で専断を恣《ほしいまま》にする田沼意次じゃ。あの折り、尾張の継友《つぐとも》様が八代様に就かれるのは、御三家筆頭からしても至極当然なことであった。それが、あらゆる術策を用いた紀伊に先んじられた。百年の禍根にござった」

　と慨嘆した竹腰は、

「あの日以来、われら尾張は紀伊の下に甘んじることとなった。こたびのこと、そなたが尚武館佐々木道場の当代坂崎磐音と承知しても滞在を許したは、そのような事情もからんでのことじゃ。大和柳生の門弟を偽り、尾張影ノ流の総本山の藩道場で田沼意次の意を遂行しようなど、尾張としてはとうてい許せるものではない」

「しばしお待ちくだされ、竹腰様」

「今しばらくそれがしの申すことを聞いてくれぬか」

と竹腰が願い、磐音は口を噤《つぐ》むしかなかった。

「享保《きょうほう》十五年（一七三〇）、七代藩主に就かれた継友様の実弟宗春《むねはる》様の治世はわずか九年に終わった。宗春様の考えは、倹約策はかえって無駄を生むと、城下に遊郭をつくり、芝居を誘致して、諸国から人と物が流れ込むようになされた。ために名古屋に空前の繁栄を齎した。このような積極的な政策が吉宗様の倹約政策に対立するとして、宗春様は隠居謹慎を命ぜられた。それればかりか、宗春様の死後も墓石に金網がかぶせられるという屈辱を蒙っておる。吉宗様以後も紀伊閥が江戸にのさばった果てが、田沼の賄賂《まいない》政治じゃ。われら尾張は、かように忍従を強いられてきた」

「竹腰様、それがしが恐れたことは、当尾張徳川家と老中田沼意次様が対立なされることにございます。幕府にとり、幕閣の最高位と御三家筆頭が反目し合うのは決してよいことではございません。その昔、徳川の禄《ろく》を食《は》み、禄を離れた後も江戸城近くで拝領屋敷を与えられ、広く大名家、直参《じきさん》旗本衆に直心影流を指導することを許されてきた佐々木家の先祖も養父《ちち》玲圓も、望むことではありますまい」

「待て、待ってくれぬか、坂崎磐音どの。江戸で実権を握る田沼意次の刺客を尾張に潜入させたは、われらの失態であった、今後は決して一人たりとも城下での活動を許さぬ。われら尾張も肚を括《くく》る。そなたも正々堂々と胸を張って尾張に滞在してくれぬか。そなたにとって尾張の保護は決して小さなものではあるまい。内儀どのはお産を控えておられると聞く。名古屋なら万全の手を尽くせる」

「いかにもさようでございます」

「尾張が天下に田沼政治の異を唱えるよき機会じゃ。そなた、尾張を精々利用して佐々木道場復活を策されよ」

「それができるなれば」

　という発言を最後に磐音は口を閉ざした。

　この日、石河季三次は一切発言しなかった。

　竹腰忠親は、藩主宗睦に会った後再び話し合いたいと強引に磐音に約させた。それを約したところで磐音は藩道場を辞去した。

　聞安寺の長屋にも動きがあった。

おこん、弥助、霧子が磐音の帰りを今や遅しと待ち受けていた。霧子の顔は蒼《そう》白《はく》で引き攣《つ》っていた。

「なんぞあったか」

磐音は木澤利公との木刀勝負の昂《たかぶ》りが消え、いつもの平静な顔に戻っていた。

「若先生、雹田平が要《い》らざるちょっかいを出してきました」

「いつぞやの針糸売りの女が姿を見せたか」

「いえ、わっしが外出から戻ると、雹田平がたった今立ち去ったばかりと霧子に聞かされましたんで」

「おこんに会いに参ったか」

おこんが答える前に霧子が、

「若先生、私が従っていながら、雹をおこん様のおそばに近付けてしまいました。お許しください」

と蒼白の顔で詫びた。

「私にはなんの大事もなかったのです。弥助さんも霧子さんも、そう責任《せめ》を感じられる話ではございません」

と応ずるおこんの言葉も平静だった。

「霜田平の用事はなんであったな、おこん」

「あれこれと言葉を弄《ろう》しておりましたが、つまるところ私どもに尾張を出よとの指図かと存じます」

「尾張を出よとな。われらが尾張に滞在していることが、田沼意次様にはなんとも頭痛の種のようじゃな」

「田沼一統としては、このまま放置すれば、早晩佐々木道場の後継坂崎磐音様が尾張と手を組んだと、天下に知らしめることになりますからな。田沼様としてはなんとしても、尾張からわれらを引き剝がしたいところにございましょう」

「そのようなところか」

と長閑に応ずる磐音に、

「あやつ、次なる機会はおこん様と腹のやや子を殺すとぬかしたそうな」

と弥助が腹立たしげに告げた。

「私の落ち度にございます」

と霧子がまた詫びた。

「霧子、霜田平と戦うことは考えなかったか」

磐音の不意の問いに、霧子の顔がさらに緊張した。

「私は井戸端にいて、雹田平が縁側で縫《ぬ》い物をされるおこん様に近付くのを、不覚にも気付きませんでした」

「霧子さんだけではございません。私が顔を上げたとき、すでに雹は目の前に立っており、穏やかに話しかけてきたのです。殺気を含んで忍び込んできたわけではなし、霧子さんが気付かなかったのは当然です」

おこんの説明に磐音が頷き、

「先手を打たれては、何人《なんぴと》も刃向かうわけにはいかぬ」

「若先生、雹田平の術中に私は嵌《は》められました。手向こうても無駄と、あやつの悠然とした態度に私の戦意は殺《そ》がれておりました。また、無理に戦ってはおこん様に危害が及ぶと思いました」

「霧子、そなたの判断は間違いではなかった。戦うばかりがわれらの務めではない。戦いを避けうるならばそれが武人至高の選択である。そなたが大きく成長したということじゃ」

磐音の言葉にいつもの表情が霧子に戻った。

「若先生、雹の脅《おど》しにのりますか」

弥助は磐音の気持ちを察していたためそう訊いた。

「それも一つの手であろうな」

と応じた磐音は、藩道場に現れた田沼意次の刺客との対決と竹腰忠親との話し合いを三人に語り聞かせた。

「なんと、田沼様は尾張藩の道場に刺客を送ってこられましたか。私どもの気持ちをゆさぶっておられます」

とおこんが呟き、決心するように考え込んだ。

「若先生、私どもの心配をよそに、一連の騒ぎは尚武館佐々木道場の後継坂崎磐音様とおこん様が尾張に逗留していることが、城下に知れわたるきっかけになりましょうな」

「またこちらの出来事は、数日後には江戸にも伝えられよう」

しばし沈思した弥助が、

「旅仕度を始めましょうか」

と言った。

磐音の顔を見たおこんが、

「私もすでに心づもりはしておりますので、いつなりともこの地を退去することができます」

と言い切った。

「退去するのはさほど難しいことではない。だが、一つ考えねばならぬことがある」

「なんでございますか」

おこんが訝しげに磐音の顔を見た。

「御三家筆頭尾張の立場じゃ。われら四人の一存で領外に出たとしよう。その折り、世間に、御三家筆頭尾張は老中田沼意次様の威光を恐れてわれらを領外に逃がした、匿いきれなかったという噂《うわさ》が立つことだけは避けねばならぬ」

「そうでなくとも、吉宗様以来、尾張は紀伊の風下に立たされておりますからな。宗春様が藩主の時代に花開いた名古屋の繁栄は、吉宗様の忌諱《きい》に触れてすべてを破却され、宗春様は隠居を強いられた。あの折りの恨み、今もなお尾張家中の胸の中でくすぶり続けておりましょう」

「いかにもさよう」

「磐音様の名古屋退去には、尾張の面目《めんぼく》を保つ名分が要るのですね」

「いかにもさようじゃ、おこん」

「どうなさいますか」

「付家老竹腰様は、藩主宗睦様にお目通りした後、それがしと話したいそうじゃ。すべてはそれからじゃ」

磐音の言葉に三人が頷いた。

「おこん、そなたにはいささか辛《つら》いことになろうが、仕度だけはしておいてくれ」

「承知しました」

おこんが淡々と磐音の申し出を受けた。

その日のうちに磐音は使いを貰《もら》い、尾州茶屋中島家に呼ばれた。

夕暮れ、磐音は独りで聞安寺の長屋を出て、尾州茶屋を訪ねた。

中島家の奥に通された磐音を待っていたのは、当代の主の中島清貴と大番頭の中島三郎清定《さぶろうきよさだ》だ。

「坂崎様、お呼び立てして申し訳ございません」

と清貴が磐音を迎えた。

「まず一つ書状が坂崎様に届いております。今津屋さんの関わりの弁才船に託された文ですがな、遠州灘で野分に遭《あ》い、だいぶ予定より遅れて届いたようです。

書状の上書きは、尾州茶屋の中島清貴ゆえ私が封を披《ひら》かせてもらいました。すると、なかに私への文の他に坂崎様に宛てた封書と百両の為替が同梱されておりました。この百両は三味線造りの師匠鶴吉様と申されるお方が坂崎様に路銀として使ってほしいとの強い願いの金子だそうにございます」

と主の中島清貴が言った。

書状は江戸の近況を伝えるものだろう。

「なんと鶴吉どのにまで気遣いをさせてしまいましたか」

磐音は予想外のことに恐縮した。

「今津屋さんの文によると鶴吉さんというお方が田沼意次様の愛妾おすな様のために誂《あつら》えた三味線の代金の一部とございます。それでお分かりでございますかな」

鶴吉は、田沼屋敷に出入りし、情報を得るためにおすなの三味線を造ったのだ。おすなは名人の鶴吉が造るような相手ではなかった。

磐音は鶴吉の気持ちを察して黙って頷いた。そして、この百両を使うときは、田沼意次との対決の折り、あるいは尚武館道場を再興するときだ、徒《あだ》やおろそかに使えぬと考えた。

「書状はのちほどゆっくりと読ませていただきます。本日のお招きの用とはなにごとでございましょうか」

「坂崎様、道場の騒ぎ、聞きましたぞ」

と主に代わって大番頭の三郎清定が応じた。

「こちらに迷惑が及んだのではござらぬか」

「いいえ、そのような心配はございません。竹腰様は、なんとしても坂崎様を尾張に引き止めたいお気持ちで、明日にも殿様にお目通りすると張り切っておられました」

「主どの、大番頭どの、まずお二人の御用を伺う前に、忌憚《きたん》のないお考えをお聞かせ願いたい。それがし、尾張と田沼様が対立するようなことは、幕府のためにも決してよくないことと存じます。またその争いの道具に佐々木道場の後継たる坂崎磐音が加わることもよしといたしませぬ」

「坂崎様のお気持ち、よう分かります」

と主が応じた。

「坂崎様が佐々木姓を捨てられた最大の理由は、佐々木の名が政争の道具に使われ、汚れることを恐れられた結果にございましたな」

とこちらは大番頭の返事だった。

「坂崎磐音に戻したところで、残念ながら田沼様の追及はやみませぬ」

「田沼様の疑心暗鬼は留《とど》まるところがございませぬでな。佐々木家の再興を恐れるあまり、坂崎様方に刺客を送り続けてこられる。私が考えるに、坂崎様が世にあるかぎり、田沼様の執拗《しつよう》な攻めは続くかと存じます。それほど田沼様にとり、佐々木であろうと坂崎であろうと、坂崎様は無視できないお方なのでございますよ」

「大番頭どの、父母から頂戴した命、天寿を全うしとうござる」

「いかにも」

と応じた三郎清定に磐音が推測を語った。

「われらが名古屋に逗留するかぎり、尾張領内への田沼一統の刺客やら密偵の潜入は跡を絶ちますまい」

「いかにもさよう」

「われら、いずれにしろ名古屋を立ち退くことになりましょう」

「立ち退き方をお考えで」

「尾張藩の体面が立つ策があれば、いつ何刻なりとも退去する仕度はできており申す」

「相分かりました」

清貴が言い、叔父でもある三郎清定が、

「坂崎様、ここはどうか城中の意向をお聞きになって心を定めてくださいませぬか。中島家の願いにございます」

磐音は大きく頷いた。

「ところで、名古屋を立ち退いた後、どちらに参られますな」

と話柄が転じられた。

「大番頭どの、風の吹くまま気の向くままとお答えしたいが、はてどちらに向かおうか、迷うておるところにござる」

「近々うちの持ち船が西海道に向かいます。お乗りになりませぬか。船旅は慣れておられるとのこと、おこん様とやや子にもご負担がかかりますまい」

「どちらに向かわれるのでござるか」

「最初の大商いの地は芸州《げいしゅう》広島にございます。さらに長州の萩《はぎ》から、対馬《つしま》の厳原《いづはら》に向かいます」

「船旅ならばおこんも助かりましょう」

磐音は考えた。

「坂崎様、この場でお返事をなさる要はございません。おこん様、従者の方々と相談の上で結構でございますよ」

と三郎清定が言い、清貴が、

「どちらで船を下りられてもうちの知り合いがおりますので、坂崎様とおこん様に不安を生じさせることはございません」

と言い切った。

そのとき、磐音の胸に一つの考えが湧《わ》いた。

その夜、名古屋に下番《かばん》中の藩主宗睦は、江戸屋敷からの急使を迎え、付家老の竹腰忠親、成瀬《なるせ》隼人正《はやとのしょう》をはじめ、年寄山村甚兵衛《やまむらじんべえ》ら重臣を急ぎ集め、江戸家老山脇兵庫之輔からの書状を検討した。

侃々諤々《かんかんがくがく》の討論の後、宗睦は一つの決断をなした。

深夜になって、磐音は密かに名古屋城中に呼ばれた。

第二章　再びの逃避行

一

城に向かって堂々たる店構えを見せる尾州茶屋中島家の前の茶屋筋を、大和町、和泉町、上畠《うわはた》町と西に向かうと、名古屋城下を南北に流れる堀川にぶつかった。名古屋城と城下町の建設の折り、川のない町に生命を吹き込み、名古屋の商売に活気を授けた大動脈であった。

その朝、聞安寺の長屋を七つ（午前四時）前の刻限に退去した磐音一行は、徒歩で西に下り、堀川に架かる五条橋に出た。この橋もまた清須越《きよすごし》の際、町とともに名古屋に引っ越してきたのだ。この五条橋から南に行った中橋までの間を、「四間道《しけみち》」

と呼んだ。

五条橋の東側は材木三ケ町と木挽町《こびきちょう》で、その町名のとおり、尾張藩の財源の一つである木曽《きそ》の美林を扱う材木商が軒を連ねていた。

その材木屋の一軒、尾州茶屋の関わりの店、木曽中島屋の船着場に磐音一行が到着すると、尾州茶屋の大番頭の三郎清定がすでに待ち受けていた。

「大番頭どの、世話になり申す」

と磐音が挨拶すると、

「短いお付き合いでしたが、なんとも楽しゅうございました。ささっ、船板に注意して、おこん様、お乗りください」

と一行四人を迎えた。

仲秋《ちゅうしゅう》の朝の光が堀川にも射《さ》し込み始めていた。

残暑を避ける菅笠《すげがさ》の下のおこんの顔が別離の哀しみに曇っていた。弥助と霧子が、わずかばかりの旅の荷の竹籠《たけかご》を船に積んだ。

「おこん様、芸州広島は瀬戸内の海の幸に恵まれておりますし、また人情味のある城下町にございます。この三郎清定が船問屋安芸屋《あきや》参左衛門《さんざえもん》様宛に書状を出しておきますでな、大船に乗った気持ちで船旅を楽しんでくださいまし」

といつもより甲高い大番頭の声が堀川界隈に響き、

「大番頭さん、帆船にはどこで乗り換えるのですか」

と弥助が問うた。

「堀川を中橋、伝馬橋《てんま》と下ると宮の渡し場に辿《たど》り着きます。その沖合に、うちの千五百石船の熱田丸《あつたまる》がそなた様方を待ち受けております」

宮の渡し場の沖合に停泊する熱田丸まで見送るという三郎清定も同乗して、平田舟《ひらたぶね》が堀川を下り始めた。

磐音はおこんとともに胴の間に並んで座しながら、船を注視する田沼派の、

「監視の眼」

を意識していた。

前々日の深夜、磐音は名古屋城中に呼ばれた。

磐音が尾張徳川の居城奥深くに案内されたのは初めてだ。

中奥の御用部屋には顔見知りの付家老竹腰忠親ともう一人の付家老、犬山《いぬやま》城主成瀬隼人正が待ち受けていた。

「坂崎磐音どの、成瀬様を紹介しよう」

と竹腰が言い、磐音の会釈に成瀬が無言で頷いた。

「竹腰様、成瀬様の御用を承《うけたまわ》る前に、それがしからお伝えすることがございます」

との磐音の言葉に竹腰が磐音の顔をひたと見返した。

「なにかな」

「尚武館佐々木道場の門弟であった重富利次郎《しげとみとしじろう》、松平辰平《まつだいらたつぺい》の二人がそれぞれ土佐高知城下と筑前《ちくぜん》福岡に逗留しております。そこでそれがし、二人の修行の成果を確かめんものと思い立ちましてございます。二人に宛ててすでに書状を送っております。そのことを尾州茶屋の大番頭どのに相談いたしますと、尾州茶屋の持ち船が芸州広島に近々出船するとの話にございました。それがし、無理に願うて同乗させてもらうことになりました。いかい世話になりながら、勝手を申すようですが、急ぎ名古屋を離れることとなりました」

と磐音の都合で名古屋を離れることの理由を述べた。

「坂崎どの、そなたという人は」

と竹腰が言葉を途中で切った。

「名古屋を出ることに決められたと言われるか」

成瀬隼人正が念を押した。

「勝手我儘《わがまま》を申して相すまぬことにございます」

「そこまで気持ちを定められたなら致し方なし。のう、竹腰どの」

成瀬の言葉に竹腰が無言で首肯した。

「竹腰様、成瀬様、御用を承ります」

「坂崎どの、もはや済んだ」

成瀬隼人正がどこか安堵《あんど》した表情で答えた。

「ふうっ」

と小さな息を吐いた竹腰が、

「坂崎どの、江戸から急使が参った。老中田沼意次様の用人井上寛司なるものが、尾張藩屋敷に江戸家老山脇兵庫之輔を訪《おとな》い、幕府の意向で取り潰しに遭うた尚武館佐々木道場の後継佐々木磐音一行が名古屋城下に滞在しておるとの情報があったこと、この者の養父佐々木玲圓は、西の丸家基様が身罷《みまか》られた折り、幕府が禁じた殉死をなした人物で、幕府の意に逆らう玲圓も玲圓ならば、極秘のうちに江戸を離れて諸国を漫遊する後継の磐音も磐音。この佐々木磐音を庇護《ひご》する尾張藩は佐々木親子と同罪、なんぞ尾張は幕府に意を含むところありや否やと詰問したとのことにござる」

磐音は苦衷《くちゆう》の表情で語る竹腰に首肯すると、

「お立場も弁えず尾張藩と尾張柳生の親切と寛容に甘えたは、それがしの浅慮にございます。お許しくださりませ」

と二人に頭を下げた。

「佐々木磐音は今やなく、坂崎磐音に戻り身重の内儀と旅をしておられる人物をわが尾張藩は受け入れた、ただそれだけのことにござった。田沼様はなにを恐れられるか」

「竹腰様、最前申しましたように、近々出帆する船にて芸州広島に向かいます。当然、われらの行動を田沼様の密偵が監視しているものと思えます。もはやわれらの行動が尾張藩に迷惑をかけることはござるまいと存じます」

「いたわしいのう。まだまだ残暑は続くゆえ、腹のせり出した内儀に道中を強いるは切ない。むろんそなたらが船路を選ぼうと陸路を選ぼうと、尾張藩が関知するところではござらぬ」

と応じた竹腰が、

「いずれ機会あらば名古屋を訪ねてくだされよ」

と言いかけると、小姓を呼ぶことなく、磐音を玄関先まで見送る体《てい》で自ら案内に立とうとした。

「竹腰様、畏《おそ》れ多いことにございます」

「なんのことがあろう。この数日、談合ばかりで足を使うておらぬ。歩かぬと足がなえてしまうわ」

と竹腰は意に介さなかった。

致し方なく磐音は、その場に残った成瀬隼人正に辞去の挨拶をなすと竹腰に従った。

竹腰が磐音を案内したのは、名古屋城の玄関口ではなかった。

磐音が二人の付家老と応対した御用部屋から、さらに奥へと竹腰は案内していった。

暗闇《くらやみ》の庭では虫のすだく声が響いていた。竹腰が足を止めたのは書院座敷であった。

「坂崎どの、控えなされ」

廊下から座敷に入った竹腰が緊張の声で言い、御簾《みす》の下がった高床に小姓二人が入室してきた。

磐音がその場で低頭すると新たな人の気配がして、

「尚武館佐々木道場後継坂崎磐音、面《おもて》を上げよ」

という声がかかった。

磐音が顔を上げると、御簾の向こうに尾張徳川家九代藩主徳川宗睦と思《おぼ》しき人物が磐音をひたと見ていた。

享保十八年（一七三三）九月二十日に生を享《う》けた宗睦はこのとき、四十七歳。財政が逼迫《ひっぱく》した尾張藩の財政改革に率先して取り組む英明な藩主として知られていた。

従来、領内を監督する代官は、城下に住まいして領内各所に手代を遣わし、年貢徴収、訴えを受けていた。

宗睦はのちに広大な尾張藩領を十余りに分けて、その地区ごとに代官を常駐させ、迅速に事の解決に当たらせた。これを尾張では所付《ところづけ》代官制と呼んだ。

さらに年貢増収のために庄内川の治水工事、熱田前新田《しんでん》の開発にも取り組むなど、積極的に改革を推し進める藩主であった。この改革の特徴的なことは、宗睦が、

「地方巧者《じかたこうしゃ》」

と言われる下級武士を積極的に登用して下級官吏に希望を与え、改革を推進し

たことだ。これが藩内に刺激を与えた。

「この宗睦、そなたに礼を言いたかった」

と思いがけない言葉を尾張藩主が洩《も》らした。

「それがし、宗睦様に礼を言われる謂れがございましょうか」

「予は、家基様が新将軍に就かれることを待ち望んでおった」

と尾張の藩主が言い切った。

「なんと仰せられましたな」

磐音は思わず、腰に差した家基拝領の小さ刀に手を添えた。

「田沼の過剰なる身内の登用、賄賂《まいない》政治の蔓延《まんえん》がどれほど幕府に害悪をもたらしておるか。そなたは家基様の剣術指南として、最後の時まで影御用を務めたそうじゃな」

磐音は答える術《すべ》を知らなかった。だが、宗睦の気持ちが磐音の鬱々《うつうつ》とした心を温かくした。

「無念にございました、宗睦様」

「予も家基様急死の報を聞いて、田沼め、そこまで専断横暴かと切歯した」

「宗睦様、力及びませなんだ」

「そなたが尾張に立ち寄ったと聞かされ、予は、家基様の話を聞こうとそなたを城中に呼ぶ機会を窺《うかご》うておった。それがかようなかたちで別れようとは、無念でならぬ」

「はっ」

磐音は面を伏せた。

「坂崎、誤解をいたすなよ。尾張は継友様、宗春様が受けた紀伊の仕打ちを恨んでおるのではない。紀伊閥を背景にした田沼意次による専断独裁の政治を憂うだけじゃ。家基様が十一代様に就かれたとき、江戸の政《まつりごと》が変わると、予は願うていた」

「わが養父佐々木玲圓もまたそのことに望みを託しておりました」

「身罷られたと聞いたが、しかとさようか」

「家基様が身罷られた夜、養父は佐々木家仏壇の前で見事に腹搔っ捌いて自ら命を絶ちましてございます」

「江戸は有為《ゆうい》の人士を失うてしもうた」

宗睦の嘆きは深かった。

「尚武館佐々木道場も潰されたそうじゃな」

「尚武館の後継たるそれがしが江戸に居続ければ、周りの方々に迷惑がかかります。ために江戸を離れました」

「坂崎磐音、尾張の非力を許せ」

「なにを仰せられます、宗睦様」

「そなたに宗睦は一つだけ約定《やくじょう》いたす。そなたが江戸に帰るときあらば、そして、田沼意次一派との戦いを再開するとき来たらば、尾張はそなたに与《くみ》して戦う。予が藩主の座にあるかぎりこの約定は続く。餞別《せんべつ》じゃ。この宗睦の気持ち、忘れずにいてくれ」

「宗睦様、坂崎磐音、これほど心強いお言葉を知りませぬ。必ずや」

「江戸に戻るな」

「戻ります」

宗睦が御簾の中で立ち上がった。

「公弥《きみや》、予の小さ刀を坂崎に与えよ。信頼の印にな」

磐音は小姓の手から、宗睦が腰に差していた小さ刀を拝領した。そして小姓が御簾の中に下がろうとしたそのとき、

「お待ちくだされ、小姓どの」

磐音は自らの腰にあった小さ刀を抜くと小姓に渡し、宗睦から拝領した小さ刀を帯に差した。

「坂崎、そなたの小さ刀を予にくれると申すか」

「家基様より拝領の小さ刀にございます。宗睦様の胸中を知り、われらが胸襟《きょうきん》を開き合うた証《あかし》にお預けいたします」

「坂崎磐音、そなたと知り合うて、予は胸に光が生じたぞ」

と答えた宗睦は、小姓から家基の小さ刀を受け取ると腰に収め、御簾の向こうに姿を没した。

平田舟が堀川を抜けようとしたとき、熱田神宮の鳥居前から、

「坂崎磐音どの！」

「さらばにございます！」

という声が起こった。

磐音らが振り向くと、尾張柳生影ノ流藩道場で稽古をし合った馬飼籐八郎や若い門弟の今里右近《いまざとうこん》ら、そしてなんと道場主の石河季三次の姿もあった。

磐音は平田舟に立ち上がると腰を折って深々と頭を下げた。

「坂崎様、どちらに参られますな」

「船旅で芸州広島に参り、それがしの門弟と会う所存にござる」

「帰りには名古屋に立ち寄ってくだされよ」

磐音は大きく首肯すると手を振った。おこんも弥助も霧子も、宮の渡し場にいる尾張藩道場の面々に手を振った。

「名古屋を追い出したはよいが、芸州広島に向かうとな」

堀川河口の右岸の松林の中から雹田平が首を捻《ひね》った。

「頭《かしら》、あやつらが船に乗り移るところを確かめに参ります」

と手下《てか》の一人が雹の許しを得ようとした。

「狐助《こすけ》、必ずや船に乗り組むところまで見定めよ」

「承知しました」

雹田平の番頭格、木枯らしの狐助が、二人の者を従えて河口に舫《もや》った船に走った。雹のもとに残ったのは針糸売りの女のおつなだけだ。

「あやつら、芸州に向かうか」

「尾州茶屋の千五百石船は、時に夜走りして湊に休むことなく航海すると、噂に聞いたことがございます。となれば一気に芸州広島に向かうことはたしか」

「そなた、摂津《せっつ》に走れ。摂津ならば芸州広島に向かう船を見付けられよう。あやつらがどちらに向かおうとも、われらの監視下にあらねばならぬ。われらもあとを追う」

はい、と畏まった針糸売りのおつなが旋風《つむじかぜ》のように走り出し、松林から姿を消した。

尾州茶屋中島家の商い船、二十九反の帆を持つ弁才船熱田丸は、速く走るような工夫があれこれとなされていた。補助帆が前後に三枚張られるのもその一つだった。

宮の渡し場の沖合に停泊した熱田丸の舷側《げんそく》に平田舟が寄せられ、帆柱の上に取り付けた轆轤《ろくろ》を利用した麻のもっこが下ろされ、身重のおこんと磐音が乗り込んだ。

「大切なお客人じゃぞ、ゆっくりと上げろ」

と主船頭梅造《うめぞう》の声が響き、

「えいやえいや」

と轆轤を回す掛け声がして、磐音とおこんは熱田丸の揚げ蓋《ぶた》甲板に下り立った。

「船頭どの、よろしく願う」

「大番頭の三郎清定様から聞いとりますでな、安心してくだせえ。この梅造が必ず芸州広島にお届けしますでな」

主船頭が請《う》け合うところに弥助、霧子ばかりか三郎清定までが姿を見せ、主船頭の梅造に磐音らの世話の念を押した。

「合点承知しました」

と主船頭の返事を貰った三郎清定が、

「坂崎様、またお会いしましょう。これは、芸州広島の船問屋安芸屋参左衛門様に宛てた書状にございます」

と言いながら磐音に渡した。

「頂戴します」

磐音が書状を懐《ふところ》に仕舞ったところで、大番頭が最後の別れの挨拶をおこんと交わし、熱田丸を下りていった。

「帆の仕度をせんかい！」

「碇《いかり》を上げろ！」

「弥帆《やほ》を張れ、主帆を広げろ！」

の命が高櫓《たかやぐら》から次々に響いて、熱田丸がゆっくりと前進を始めた。

丸に茶の字が染められた二十九反の帆の上端左右には黒色縦線が入っていた。

縮帆したときも熱田丸と見分けられる帆印だった。

磐音らは平田舟の三郎清定や、遠く宮の渡し場から熱田丸の出船を見詰める尾張柳生の道場主や門弟衆に手を振り、別れの挨拶をした。

その様子を雹田平の手下たちが小舟から見張っていた。

「尚武館の後継もいよいよ芸州広島に都落ちか」

「都落ちはよいが、われらも広島に行くことになるのか」

「雹のお頭からとことん付け回せと命じられたでな、行くことになろうな」

「相手は早船の熱田丸じゃぞ」

「われらは陸路、突っ走ることになりそうだ。摂津から先が船旅じゃな」

「われらも都落ちぞ。今夜は熱田の食売《めしもり》でも総揚げしたいところじゃな」

「お頭が許されるわけもないわ」

と言い合う三人の視界から次第に、磐音らを乗せた熱田丸の姿が遠ざかっていった。

二

熱田丸は、宮の渡し場の沖合から伊勢の内海を南下すると見せかけて、木曽川、揖斐《いび》川が伊勢の海に注ぎ込む河口付近に一旦停泊した。すると熱田丸の船影を見た小舟が寄ってくると、磐音ら四人を、河川を遡行《そこう》できる底の平らな帆船に乗せかえた。この川船には葦簀《よしず》が葺《ふ》いてあり、陽射《ひざ》しを避ける工夫がなされていた。

木曽川は尾張藩の貴重な財源の木曽美林を運んでくる大河であった。

この河口付近には尾州茶屋中島家と関わりのある材木問屋、船問屋があり、その材木問屋の一軒が所蔵する川船だった。

熱田丸に同乗していた船番頭の専蔵《せんぞう》が、

「坂崎様、おこん様、恙無《つつがな》く道中をお続けください」

「専蔵どのもな、いかい世話になり申した」

と別れの挨拶をした。

熱田丸は磐音らを下ろすと、何事もなかったように伊勢の内海を南下して大王崎《だいおうざき》を回り、熊野《くまの》灘《なだ》に出て、潮岬《しおのみさき》を横目に太平洋をかすめて紀伊水道に入り、瀬戸内の海へと航海を続けることになる。

一方、木曽川と揖斐川河口付近で川船に乗り移った磐音らは、揖斐川の西を流れる員弁《いなべ》川に入り込み、帆と櫓《ろ》を巧みに使って上流へと遡行していった。

このような逃避行をすべてお膳立《ぜんだ》てしてくれたのは、尾州茶屋中島家の大番頭の三郎清定だ。

中島家はただの御用商人ではない。幕府や朝廷と親交を持ちつつ細作《さいさく》（間諜《かんちょう》）を務めてきた家系だ。

磐音ら一行を熱田丸に乗せて遠く芸州広島に船で送り込むと田沼一派の雹田平らに思わせて、尾張領内で四人を下ろし、おこんの身を慮《おもんぱか》って川船に乗せ換えると員弁川を遡《さかのぼ》り、雹田平らの追跡の眼から行方を晦まそうとしていた。

伊勢の内海から一里も遡上してきた頃、員弁川は東海道と交わった。

だが、葦簀屋根の下に座る四人の姿は、東海道を往来する人の眼から隠されていた。さらに半里も上がったところで葦簀屋根がようやく外された。

川船に秋の陽射しが長閑《のどか》にも射し込んできた。

「ああ、気持ちがいいこと」

おこんが両岸の光景に眼を留めた。両岸の田圃《たんぼ》の稲は黄金色《こがね》にたわわに実り、秋景色だ。

「おこん、名古屋城下でやや子を産むつもりであったが、また旅に出ることになったな」

磐音がすまなそうな顔でおこんに言った。

「江戸を出たときから旅は覚悟のことです」

「じゃが、そなたは身重ゆえ応えよう」

「磐音様、女ならばどのような空の下でも子くらい産むものです。私には霧子さんもおられます。男衆《おとこし》が気になさることはございません」

「そうであればよいが」

と磐音が応じたところに船頭の一人が、

「お客人、朝餉《あさげ》だ」

とお重と茶を運んできた。

「造作をかける」

「なんのこれしきのこと。尾州茶屋の大番頭さんの指図でな、うちの女衆《おんなし》が仕度したものだ。木曽谷から木を流す筏師《いかだし》の飯は作り慣れているが、お武家さんの口に合うかね」

と気にした。

「頂戴いたす」

早朝に名古屋を出立したせいで朝餉抜きの旅であった。

霧子が茶の仕度をして、おこんがお重の風呂敷を解《ほど》いた。すると一の重には煮物、沙魚《はぜ》の甘露煮、香の物、二の重には味噌《みそ》を塗《まぶ》した焼き握り飯が行儀よく並んでいた。

「おお、これは美味しそうな」

磐音は思わず嘆声を上げた。

「磐音様ならずとも声を上げたくなる馳走ですね」

四人は、尾張名物の八丁味噌を塗ってこんがりと焼き上げた握り飯を頬張《ほおば》った。

すると口の中に香ばしい味噌と米の匂《にお》いが満ちた。

「これは絶品ですな」

弥助も唸るほどの美味しさだ。

「こうなると旅も悪くはないな」

と笑みが戻った磐音に霧子が、

「若先生、雹田平一味、うまく引っかかるでしょうか」

と言い出した。

「唐人系図屋、なかなかの曲者《くせもの》ゆえそう容易《たやす》く引っかかるとも思えぬ。尾州茶屋の大番頭どのが考え出した千五百石船の船抜けに、奴《やつ》らがどこで気付くか。しばらく熱田丸の動きを追ってくれればわれらは助かるが、騙《だま》しきれなかったなら、それはそのときのことだ」

霧子が頷いた。

「磐音様、城中でどなたかにお会いになったのですか」

城に呼び出された磐音が明け方に戻ってきた日のことをおこんが気にした。磐音はすぐに仮眠をとり、数刻後に起きると、旅立ちの仕度で慌ただしく飛び回り、おこんはそのことを訊く機会を失していた。

「どなたにお会いしたと思うな」

「はて、どなたにございましょう」

磐音がおこんの顔から弥助に視線を移した。

「わっしにあてろと言われるので。まあ、若先生が胸に秘めておられる出来事です。わっしらにすぐにお話しにならず、尾張領内を離れたところでお話しになる気になったとしたら、一人しかおられますまい」

「弥助さん、お一人とはどなたですか」

「おこん様、尾張徳川の九代藩主宗睦様にございますよ」

「えっ、殿様とお会いになったのですか」

おこんの視線が磐音に戻った。

「宗睦様は、われらを匿いきれなかったことを詫びられた」

「まあ、なんということでしょう」

「尾張藩江戸屋敷を田沼様の用人井上寛司が訪ね、江戸家老の山脇様に、尾張ではお取り潰しに遭うた尚武館佐々木道場の後継を庇護しておるが、なんぞ考えがあってのことかとねじ込んだそうな」

「江戸でそんなことがございましたので」

「宗睦様には、尾張に身を寄せたそれがしの浅慮を詫びてきた」

名古屋では尾張柳生の一門じゅうが磐音の正体を知り、江戸では井上用人が動いたとなると、磐音の滞在自体が尾張と田沼の間の確執のタネになった。これは磐音が望むことではなかった。

「窮鳥懐に入《い》れば猟師も殺さず」

尾張としてはなんとしても、家基の信頼厚かった剣術指南にして尚武館佐々木道場の後継を匿いたかった。だが、江戸幕府に権勢を揮う田沼意次とその一派に立ち向かうには、いささか時期尚早という判断で、宗睦と磐音は暗黙裡《り》に了解し合った。

それが尾張藩からの逃避行の真実だった。

磐音はおこんや弥助、霧子にさえ、田沼意次に対する尾張藩の真の気持ちは伝えなかった。

宗睦と磐音の反田沼同盟は、お互いの腰にある小さ刀二振りだけが知る秘密だった。

「田沼様のお蔭《かげ》でかように旅ができると思えば、なにほどのことがあろう」

「でございましたね」

と応じたおこんだが、そろそろ路銀が尽きるのではないかと案じていた。

三味線造りの名人鶴吉から百両の為替が尾張名古屋逗留中の磐音に送られてきていた。だが、田沼意次一派との決戦の折りの費えにする心算で、この金子に手をつける気はない。またおこんも弥助も霧子もこの百両のことを承知していなかった。

「おこん、そなたの心配を当ててみようか」

「磐音様は卜《ぼく》をみられますか」

「ふっふっふ」

と笑った磐音が、

「尾州茶屋の大番頭どのが、木曽美林闇《やみ》流しの一件での働きにと百両を差し出された」

「百両でございますか」

「さすがは尾州茶屋、太っ腹であった。だが、こたびの逃避行であれこれお膳立てをしてもろうたゆえ、五十両だけ頂戴して残りはお返しした」

「それはようございました」

おこんも磐音の判断を支持した。すると弥助が、

「若先生もおこん様も、家蔵を残せそうにございませんな。若先生のお働きで木曽美林の闇流しが潰されたのです。もし若先生のお働きがなければ、尾張藩や尾州茶屋中島家の損害はこれからも続いたに違いありません。となると、腹黒い連中が掠《かす》める金子は何千何万両にも及びましょう。それを阻まれたのです。百両は安いものです」

「そういう理屈も成り立とう。だが、尾張藩なり尾州茶屋中島家が本来受けるべき利であり、われらとはいささかの関わりもない。弥助どの、そうは思われぬか」

「それはそうですが」

「それに四人が旅する路銀など知れたもの。頂戴した五十両で当座の暮らしの目《め》処《ど》が立った」

磐音が笑った。

「磐音様、私どもはどちらに向かうのですか」

路銀に不安がなくなったと知ったおこんが旅に話を戻した。

深夜、名古屋城中での宗睦との極秘の対面を終えた磐音が大手門を出ると、尾州茶屋の提灯《ちょうちん》を提げた男衆が磐音を待ち受けていた。

磐音はその足で、茶屋筋と本町筋の辻《つじ》に大きな店を構える尾州茶屋に立ち寄った。

三郎清定が待ち受けていて、城中での首尾を尋ねた。

宗睦との対面に、尾州茶屋中島家が関わっていることを、そのとき磐音は確信した。

磐音は正直に、付家老成瀬隼人正と竹腰忠親との会見から、思いがけない宗睦との深夜の二人だけの対面の詳細を告げた。

「宗睦様もこたびは無理をなさいませぬか。尾張藩には、継友様と宗春様が吉宗様から受けた疵《きず》が未だ心の奥深く残っておりますからな。明敏な宗睦様です、江戸城を恣にする紀伊閥と対決するときは、勝算がなければ動いてはならぬと心に定めておられるのでしょう」

と三郎清定は言い切った。

「大番頭どの、いつの日か必ずや田沼意次様の力が落ちるときがくる、そのときこそ尾張が動くときと、宗睦様は心中を明かされました」

「坂崎様はなんと答えられました」

磐音は腰の小さ刀を抜いて、その意味を告げた。

「なんと、家基様拝領の小さ刀が宗睦様のお腰にあり、宗睦様の小さ刀が坂崎様のお腰にございますので。秋来《とき》たらば必ずやこの尾州茶屋中島家も、同じ陣列に加わりますでな」

三郎清定が満面の笑みで答えた。そして、磐音らの名古屋脱出策と今後の行き先について夜を徹して話し合った。

「おこん、尾州茶屋中島家の本家は京にある」

「私どもは京洛に参るのですか」

「嫌か、おこん」

「いえ、今津屋で奉公をしたお蔭で京の商人《あきんど》や公家様の名を何人も存じあげております。また今津屋に京のお客様をお迎えしたこともあり、一度は訪ねたいと思っておりました。楽しみです」

「だが、あの雹田平のことだ。そう易々とわれらの策に乗せられるとも思えぬ。名古屋周辺の街道に密偵を遣わしていよう。われらは員弁川を遡れるところまで船で遡り、鞍掛《くらかけ》峠を越えて琵琶《びわ》湖《こ》のほとりの彦根城下に向かう。その先は未だ決めてはおらぬ」

「行き先は未だ定まっていないのですか」

「芸州広島の湊に熱田丸が到着した際、われらの姿がないと知った雹田平が真っ先にあたりをつけるのが、尾州茶屋中島家の京の本家と思わぬか」

「若先生、仰るとおりにございますよ」

「弥助どの、われら、これより一年、世間から姿を消す。このことは三郎清定どのにも告げてはおらぬ。大番頭どのは、われらがこの足で京に向かうと思われておってな、熱田丸に乗船する折りも雹の見張りに聞かせる体で、芸州広島の船問屋に宛てたと思わせる書状を渡された。だがその書状は、京の茶屋四郎次郎様に宛てられたものにござる」

「京に参らず、どこかで時を過ごされるのですか」

と霧子が訊いた。

「雹田平らに煩《わずら》わされることなくおこんが子を産み、やや子が旅ができるようになれば、時節を見て京を訪ねてもよい。このこと、用心のため、名古屋の三郎清定どのにも言うてはおらぬ」

「若先生、よき判断かと存じます。敵を欺くにはまず味方からと申しますでな」

と弥助が答えたとき、川船が止まった。みると川幅が狭くなっていた。

「お武家様、相すまねえが、この辺りまでだ」

「助かった」

「この界隈は梅戸《うめど》と呼ばれる里だ。四日市から彦根に抜ける脇街道でな、彦根には鞍掛峠を越えて二日の道のりだ。お内儀様がおられるで、ゆっくりと行きなされよ」

と親切に船頭が教えてくれた。

秋の陽は昼前四つ半（午前十一時）を教えていた。

おこんがなにがしかの酒手《さかて》を船頭衆に渡し、脇街道を徒歩で進むことになった。

「おこん、疲れたら正直に申すのじゃぞ」

「はい。ですが私は皆様の足手まといにはならないつもりです」

「その心掛けはよいが、決して無理をしてはならぬ」

磐音はおこんに言い聞かせた。

弥助が歩き出してすぐに見付けた竹藪《たけやぶ》に入り、おこんのために竹を切って杖《つえ》を作った。

「弥助さん、助かります」

おこんが杖をついてみせ、先頭に立って歩き出した。

梅戸の里の辻で弥助が見付けた茶屋に入り、その場にいた馬方に彦根までの道のりと街道の様子を訊いた。

「彦根城下までかね。大した峠じゃねえが、御池岳《おいけだけ》と三国岳《みくにだけ》の尾根を越える鞍掛峠越えで十四里ほどだ。まあ、女衆が一緒だ、暗くなって峠を越えるんじゃねえぞ。巡見街道《じゆんけん》との追分《おいわけ》で泊まりなせえ。ここから四里ほどだ」

と親切に教えてくれた。

「助かった」

「内儀様は腹が大きいか」

「そうだ」

「おらは途中の鎌田《かまた》村まで帰るが、なにがしか頂戴できれば乗せていくがな」

「それは助かる」

弥助のお蔭で、おこんは桑名《くわな》に荷を運んだという荷馬の鞍《くら》に乗せられ揺られていくことになった。

「磐音様、私は歩けましたよ」

「これから嫌になるほど歩かねばならぬ。久しぶりに、船に乗り、馬の鞍に揺られるのも旅の醍醐味《だいごみ》じゃぞ」

おこんを戒めた磐音のかたわらに霧子が肩を並べた。

一行の先頭をおこんを乗せた馬が進み、手綱を持つ馬方と弥助が話し合いながらゆったりと行く。

霧子の背には竹籠が負われ、その中にはおこんが名古屋城下の聞安寺で縫った産着や襁褓《むつき》が入っていた。

「若先生、私どもの行き先は決まっていないのですか」

「未だ決めておらぬ。世間に隠れてわれらがひっそりと過ごせ、おこんがやや子を無事に産める土地ならばどこでもよいのだが」

霧子の足が緩くなり、磐音はその歩みに合わせた。だれにも聞かれる心配はなかった。

「なにか考えがあれば申せ」

はい、と応じた霧子が言い出した。

「若先生、幼き折りの記憶にございます、下忍雑賀衆《しのびさいかしゆう》は旅から旅の暮らしを続けておりました。私が三、四歳になった頃でしょうか、山深い隠れ里で数年の歳月を過ごしたことがございます。なんとも長閑でゆったりとした暮らしにございました。何人かの女衆はその隠れ里で子を産みました。私はそのような暮らしがいつまでも続けばよいと願ったものです。ですが、突然下忍雑賀衆に加わって隠れ里を出ざるを得なくなり、長閑だった暮らしが終わりを告げました」

「霧子、その里に隠れ住めと申すか」

「下忍雑賀衆の暮らしで楽しい思い出はあまりございません。ですが、女衆が中心の隠れ里の年月《としつき》は私にとって極楽でした」

「隠れ里暮らしか。彦根近くか」

「いいえ、いささか遠うございます」

「その隠れ里でわれらが静かに時間を過ごせるならば、そこを目指すのも一つの途《みち》じゃな。だが、雑賀泰造《たいぞう》が率いた雑賀衆の残党が再び戻ってくることはないか」

「雑賀衆はその隠れ里を去るときに何人かを殺《あや》め、食糧からわずかな金子まで奪っていったそうな。後で知ったことにございます。そのように悪さをした土地には金輪際《こんりんざい》立ち寄りませんし、隠れ里も入り込ませません」

磐音は霧子が言う隠れ里に潜むかと心が傾きかけた。

「若先生、一つだけ差し障りがございます」

「なんじゃ」

「隠れ里のある場所は、紀伊領内にございます」

「なにっ、紀伊領内とな。それはいささか大胆な話じゃな」

「されど田沼様方では私どもの足取りを追うときに、まさか紀伊領内に潜んでいるとは努々《ゆめゆめ》思いますまい」

霧子の考えに磐音は虚を衝《つ》かれた。

「いかさまそうともいえる」

しばし沈思しながら歩いていた磐音が、

「霧子、隠れ里へ案内《あない》してくれぬか」

はい、と霧子が張り切った。

「せいぜいわれらが京へと向かう痕跡《こんせき》を残しつつ、紀伊領内に潜入いたそうか」

「行き着く先は極楽にございますが、道中は険しゅうございます。おこん様には大変辛《つら》い旅になろうかと存じます」

「田沼意次の刺客を撒《ま》くためなら致し方なかろう」

磐音も覚悟を決めた。

三

江戸では秋が深まりを見せ、秋茜《あきあかね》が両国広小路の人込みの中を飛び交っていた。

この日、金銀相場の決済の日で、両替商今津屋は朝から忙しい一日を過ごしていた。

「なんだいなんだい、銭売りを殺す気か。小判どころか一分金にも滅多にお目にかからねえや。その代わり、粗悪な南鐐二朱銀《なんりようにしゆぎん》ばかりがおれの懐に集まってきやがる。今津屋さんよ、なんとかしてくんな」

銭売りの専吉《せんきち》が大きな声でぼやいた。

「専吉さん、大声を上げないでくださいましな。お城に聞こえたら、どんなお咎《とが》めがあるかしれませんよ」

銭売りの専吉に振場役《ふりばやく》番頭の新三郎《しんざぶろう》が笑いながら注意した。

安永八年になって幕府は、江戸町民が小判、小粒金を蓄え、南鐐二朱銀のみを流通させることを戒めていた。

だが、率先して小判、小粒金を溜《た》め込んでいるのは勘定方や田沼派と御城の面々で、触れを何度出したところで改善される見込みは全く立たなかった。

すべての原因は粗悪な鋳造の南鐐二朱銀にあることは明白だったのだ。

「専吉さん、うちでも南鐐ばかりが集まってきて、なんとも致し方ないのです。金ではなく銀でもない南鐐の流通を廃止していただけると有難いのですがな」

由蔵が専吉に答えたとき、菅笠に面体《めんてい》を隠した様子の、小柄な浪人が今津屋の店先に立った。手には六尺棒よりいささか長いものを携えていた。

表に打ち水をし、箒《ほうき》で掃いていた小僧の宮松が、

「お侍さん、うちは両替屋だよ。腹が減っているなら裏口に回って女衆に頼むことだ」

と言い放った。

「小僧どの、わしばい、小田平助たい。風体《ふうてい》が悪いでくさ、物乞いに見間違われたとやろうね」

菅笠の縁《へり》を手で上げた平助が愛敬のある幅広の顔を見せた。額に汗が光っているのは遠くから歩いてきたからだろう。

「おや、陽に焼けた顔は小田様だ」

「ようやく分かったね」

「小田様、ごめんなさいよ、お乞食様と間違えてさ。うちにはこの刻限になると、旅籠《はたご》代とか飯代に窮した人が無心に来るんだよ。つい早とちりしちまった。そうか、奇妙な棒は有名な槍折れか」

「なんちな。平助の槍折れがこん江戸に知られたち言いなさるな」

「へっへっへ。ちょっとだけ、大仰《おおぎょう》に言っただけだ」

宮松が小田の手を引くように広土間に入れた。

「老分さん、小田平助様がお見えにございます」

「そなたが無礼にも物乞いと間違えたところからたっぷり見せていただきましたでな、小田様のご入来は先刻承知です。そなたをそろそろ手代見習いにしようかと思うておりましたが、身内を間違えるようでは、あと三、四年小僧修業ですな」

と由蔵が言い放った。

「老分さん、や、やめてください。あと三、四年も小僧暮らしが続いたら、この広小路界隈の物笑いのタネですよ。つんつるてんのお仕着せから、宮松がすね毛を出して奉公だなんて、からかわれます。それだけは勘弁してください」

と宮松が哀願した。

その場に居合わせた奉公人や馴染みの客が笑った。

「おやおや、宮松さんの小僧暮らしは当分続くらしいな。それも気楽でよかろう。手代見習いから手代になるにつれ、老分番頭さんの帳場格子《ごうし》に近付くことになるからな。見な、筆頭支配人の林蔵さんなんぞ由蔵さんに睨まれっぱなしで、太ることもできねえぜ」

明日の商いの釣銭を交換に来た広小路裏の八百竹《やおたけ》が言った。

「おや、竹七《たけしち》さん、私のせいで店の奉公人が痩《や》せっぽちと言われますか。林蔵さんは昔から胃弱なんです。その代わり、三番番頭さんなんぞは丸々と太っておりますよ」

「そりゃ、前次郎《まえじろう》さんは大飯食いだ。米沢町の飯屋でいつか丼《どんぶり》飯を三杯だか五杯だか食べた胃袋の持ち主だ。格別ですよ」

由蔵が前次郎をぎょろりとした眼で睨むと、前次郎が首を竦めて、

「竹七さん、そりゃ十年以上も前の話だ。そんな古証文を持ち出さないでくださいよ。老分さんに睨まれたら三年は肝《きも》が縮みますからね」

冗談半分本気半分の顔で注意した。

「おや、私の小言は三年も効果があるんですか。その割には、最近も小言を頂戴しながら算盤《そろばん》勘定を二度三度と繰り返し、間違えましたな。あれは、どういうことですか」

「わあっ」

前次郎は叫ぶと机の下に大きな体を隠そうとしたが、隠しきれるものではない。

「どちらに行かれたのか、尚武館の若先生とおこん様には早く江戸に戻ってきてほしいものだ。老分さんの機嫌がのべつ幕なしに悪いからな」

と前次郎が嘆息するのへ、

「私の機嫌が悪いですと。尚武館の」

と言いかけた由蔵が、

「宮松の口車に乗せられてつい小田平助様のことを忘れておりました。小田様、あちらの三和土《たたき》廊下から奥に通ってくださいましな」

と平助に願った。

「老分さん、小僧の宮松さんが物乞いに間違えたのは無理もございまっせんもん。わしの体はいささか汗と埃《ほこり》に塗《まみ》れておりますたい。井戸端で水を被《かぶ》らせていただけまっせんやろか。とても奥に通る体ではございまっせんもん」

と願った。

「ならば内湯にお入りになりませんか」

「内湯ちな、いらんいらん。井戸端が気楽でよかたい」

「それなら女衆に着替えを用意させますでな」

と由蔵は奥に平助を送り出すと台所に自ら向かい、

「たれか、お仕着せの下帯、浴衣《ゆかた》を一揃《ひとそろ》い、井戸端に届けてくれませんか。小田平助様が水浴びをなさるそうな」

女衆に命じると、奥に小田平助の帰府を告げに行った。

四半刻（三十分）後、今津屋の奥座敷では主《あるじ》の吉右衛門、お佐紀夫婦に老分の由蔵、それに水浴びしてさっぱりとした顔の小田平助が膳を前に対面していた。

庭の泉水に架かる石橋では、おはつと一太郎《いちたろう》が鯉《こい》に餌《えさ》をやっていた。

「小田様、甲府までの御用旅、ご苦労に存じました」

「旦那どの、なんちゅうことはございまっせんもん。道中一、二度厄介《やっかい》に見舞われましたがたい、こん小田平助の出番はあんまりなかもん。さすが速水左近様はばい、尚武館佐々木道場の玲圓先生の剣友たいね。蟄居閉門で体を使うちょらんばってん、田沼の刺客なんぞはお一人で一蹴なされましたもん」

「いかにもさようでございましょう」

由蔵は言うと平助の猪口《ちょこ》に酒を注《つ》いだ。

「遠慮のう頂戴します」

平助が受けて、猪口の酒をゆっくりと飲み干し、

「甘露甘露」

と陽に焼けた顔に笑みを浮かべた。

「小田様、本日はどちらからいらしたのですか」

「お佐紀様、昨日のことですたい。夕暮れの刻、甲府外れの下初狩宿《しもはつかり》に足ば止めようとしたと思うてくだされ。宿はどこぞの大名ご一行が急にひと晩泊まることになったとかでくさ、相部屋もございまっせんもん。なんとのう、山中の秋の夕暮れにくさ、平助の気持ちの帰心が募りましたもん。そんでくさ、一気に大月《おおつき》、猿橋《さるはし》、野田尻《のだじり》、上野原《うえのはら》を夜旅で歩いてくさ、明け方に小仏峠を越えてくさ、日中は浅川の河原で午睡《ごすい》をとりながら、体を休めて江戸に戻って参りましたもん。そいで体じゅうが埃と汗まみれたいね」

「驚きましたな。下初狩宿から一気に江戸に戻ってこられましたか」

と由蔵もお佐紀も呆れた。

「小田様も尚武館の佐々木様も日頃から体を鍛えておられるでな、このようなこともしのけられるのでしょうな」

と吉右衛門が応じ、

「速水左近様は甲府勤番がお慣れになりましたかな。これまで家治様の御側御用取次として気苦労はあったものの、幕閣の中で権勢を揮ってこられました。それが甲府勤番支配、山流しと嫌がられる閑職では、いささか気鬱《きうつ》になられましょう」

「旦那どの、口ではくさ、のんびりしてよいと言われちょりましたがな、内心じゃ寂しかったと思いますばい。わしが、殿様、そろそろ江戸に戻りますと願い出るたびにくさ、小田平助、それでは速水左近の身が危うくなろう。それでは今津屋の気持ちに応えられまいとか、あれこれと理由をつけてくさ、引き止められましたもん。いえ、速水様の周りには勤番衆が何百人とおられるたい、いくら田沼の刺客でん、小人数の道中と違うもん、狙《ねろ》うことなんぞありゃあせんがな」

平助の言葉に頷いた由蔵が、

「やはり代々江戸屋敷住まいの大身旗本にとって、甲府の暮らしはお寂しいものがございましょうな。旦那様、速水様の山流しはどれほど続きましょうか」

「老分さん、それもこれも田沼様次第でしょうな」

吉右衛門が応じた。

「ともかく佐々木様もおこんさんも速水の殿様も江戸においでではないと思うと、秋の哀れが一層募ります」

「老分さん、私もここは我慢のしどころと自らに言い聞かせているんですが、寂しさには変わりはありませんよ」

と吉右衛門がぼやいた。

「若先生方からくさ、なんぞ知らせはございませんやろか」

「小田様は、若先生一行が尾張滞在であることをご存じでしたな」

「そんことは聞いて知っちょります」

「尾張藩御用達商人尾州茶屋家から、佐々木様が藩道場の客分として指導に努め、どうやら尾州茶屋家の御用も務めているとの知らせが入っております」

「そりゃ、よか知らせたいね。尾張名古屋は大都たいね、おこんさんも安心ばしてくさ、やや子を産むことができまっしょもん」

「私どもも、そのことを聞いて安心したところです」

小田平助を迎えて、六つ半（午後七時）過ぎまで四人は談笑し、平助が辞去の様子を見せた。

「小田様、速水様のご様子はうちのほうから屋敷に知らせておきますでな」

と由蔵に言われて、

「えらい馳走になりました。こん平助、腹が苦しゅうてどもならん」

「ならばうちに泊まっていかれませぬか」

「旦那どの、こちらの御寮の様子も気になりますもん。明日のことを考えたらくさ、今晩じゅうに帰っておいたほうが楽たいね」

と応じた平助は、由蔵に潜り戸まで見送られて、人の少なくなった両国西広小路を突っ切り、両国橋に差しかかった。

急に秋の気配を示して両国橋の上に冷たい風が吹き渡り、まだ刻限も五つ（午後八時）というのに人の気配もなかった。

小田平助は歩みを緩めた。

今津屋で借り受けた浴衣の上に、これも由蔵から拝借した袖無《そでな》しを羽織った格好だ。旅塵に塗れた道中着は今津屋の女衆が洗い張りして仕立て直してくれるそうな。

ために浴衣と袖無しの形《なり》に槍折れだけは携帯していた。

今津屋を出たときから尾行する気配を感じとっていた。そればかりか、前方から人影が橋一杯に広がってやってくるのが見えた。

平助は、両国橋の長さ九十六間のほぼ真ん中で足を止めた。

前方の人影までには十三、四間あった。

振り向くと、二つの人影がいつの間にか六、七間に詰めていた。

黒羽織の勤番侍のような形《なり》だった。

「小田平助に用事があるとな」

後ろの二人に話しかけた。

その問いかけに黒羽織の二人は無言を貫いた。

平助は前方に視線を戻した。

こちらは屋敷奉公の武家ではなく、浪人者四人が横一列に槍を小脇《こわき》に掻《か》い込んでいた。平助が槍折れを遣うことを承知して、長柄の槍を遣う浪人者を雇ったか。

平助は上流部の橋の欄干《らんかん》に寄り、背後を防御した。

小脇に抱えた槍折れを前方七分、後ろに三分の割合で軽く突き出して構えた。

「おまえ様方の黒幕がだいか、見当はついちょるばい。主どのも妾《めかけ》さんもたい、よう飽きずに同じことば繰り返すたいね。どうや、今日のところは小田平助もいささかくたびれちょるもん、またにせんね」

と左右から迫った六人に言いかけた。

六人は相変わらず無言だ。

「よか、そげん気持ちにはならんたいね。致し方なか。富田天信正流《とだてんしんしょう》槍折れ、披《ひ》露《ろう》しちゃろうかね。明日からくさ当分足腰がくさ、使いものにならんかもしれんばい。こん小田平助を恨むでなかよ」

平助が小脇の槍折れの端を片手で握ると、

ひょい

と橋の真ん中に戻り、ぐるぐると頭上で回転させ始めた。最初緩やかだった槍折れが唸りを生じてきた。
四人が長柄の槍を突き出した。だが、それは間合いを見るために穂先を突き出しただけで攻撃の意思はまだない、と平助は読んだ。
一対六の数を頼んで優位を過信している態度が明らかだった。
回転する槍折れの先端が高く低く上下した。次の瞬間、小田平助の体が、
ひょい
と羽織の武士側に飛んだ。一気に間合いを詰めた槍折れが不意を衝き、一人の腰を強《したた》かに殴り付け、さらに慌てる二人目の鬢《びん》を叩いてその場に転がしていた。
一瞬の早業だ。
「穂先を揃えよ」
四人のうちの一人が命じ、四つの穂先が小田平助の体を襲った。
その直前、平助は棒の先端を両国橋の床板に突いて、
ふわり
と橋の欄干に飛び上がり、穂先の攻撃を避《よ》けた。下流部の欄干を蟹走《かにばし》りにちょこちょこと動く平助に、四人の槍手が穂先を巡らして追ってきた。だが、平助の

素早い動きに、それまで同調していた槍先がばらばらに崩れていた。それを見た平助は欄干の上で、
ひょい
と飛び上がり、虚空で身を回転させると同時に槍折れが風を切って疾《はし》り、長柄の槍の穂先の狙《ねら》いを定めようとする二人の脳天を次々に叩いて、その場に押し潰すと、
ぽーん
と音を立てて床板に飛び下りた。そして、衝撃を和らげ、相手の攻めを躱すためか、平助は低い姿勢になると槍折れを橋板から一尺辺りの高さで、
びゅーん
と振り回した。
ぼきん
と足の骨が折れる音が不気味に響いた。
残るは一人だけだ。
小田平助は槍折れの回転を止めると小脇に戻しながら、立ち上がった。
六人目の浪人者と平助の眼が合った。

間合いは一間余か。

「ふっふっふ。残ったカスはあんただけたいね。どげんするとね」

「おのれ、許さぬ」

長柄の穂先を平助の胸の前二尺ほどに付けた。

「田楽刺しにしてくれん」

「よかよか、そのくらいのたい、気概がなかとたい、武芸者は務まらんもん。よう狙うてくさ、しっかりと突かんね」

「おのれ、痴《し》れ者、おちょくりおって」

と叫んだ相手が穂先を手繰《たぐ》ると突き出した。

平助の上体が後ろに倒れ、平助が今まで立っていた虚空を穂先が裂いた。

平助は小脇の槍折れを左手一本に突き上げ、手を離した。すると両足を踏ん張り、突き出した槍を手繰り寄せようとしていた相手の喉元《のどもと》に飛び、その先端が強打した。

「ぐええっ」

と悲鳴を上げた相手が両足を虚空に浮かせ、欄干に背中を打ちつけて悶絶《もんぜつ》した。

ひょい

と橋板から飛び起きた平助は橋床に転がった槍折れを拾うと、

「だいか闇ん中で聞いちょるならくさ、もうちっと骨のある奴ば送り込んでこんね」

と言い放つと、両国東広小路へと渡っていった。

四

「ふうっ」

という重い吐息が今津屋の店に響いた。

由蔵は顔を上げて筆頭支配人の林蔵を睨み付けようとした。だが、林蔵の前に南鐐二朱銀ばかりがあるのを見て、

「支配人さん、店の中ですぞ。大きな溜息《ためいき》なんぞをついては、他の奉公人の士気に関わります」

と声を潜めて言うにとどめた。

江戸の両替商六百軒を束ねる両替屋行司《ぎょうじ》今津屋の老分番頭が声を潜めたのには理由《わけ》があった。

このところ小判や一分金の流通が眼に見えて減っていた。その代わり、粗悪な南鐐二朱銀が幅を利かせていた。

幕府の勘定方ではしばしば、小判や一分金を蔵の中や銭箱に溜めず市場に流通させるよう通達を出した。だが、幕閣を実質的に操《あやつ》る田沼意次の神田橋の屋敷に、世間に流通を奨励する小判や一分金が吸い込まれていくという噂が広まっては、触《ふ》れもなんの効果も生まなかった。

金融界の元締めの一人である今津屋の老分番頭は、

「この噂、当たらずといえども遠からず」

どころか、真実をついた風聞と見ていた。そのようなわけで、江戸府内の各店の売り上げ金や銭遣いの庶民の懐には南鐐二朱銀の占める割合がどんどん増えていた。

昼下がりの刻限だ。

今宵は仲秋の名月だ。今津屋の店の前を、薄《すすき》や団子の包みを手にした女たちが往来していた。

今津屋の店頭に人影が立った。

「いらっしゃいまし」

と奉公人たちが迎え、由蔵も顔を上げた。

若い武家だったが初めて見る顔だった。

「両替商今津屋じゃな」

癇性《かんしょう》の声が店頭に響いた。

「いかにもさようです」

「由蔵なる番頭はおるか」

「はい。手前が由蔵にございます」

と答えた由蔵は、

（この武家、両替商に縁などないか）

と推測した。

今や武の時代は終わり、商人たちが武家社会の首根っこを押さえ込んでいた。御三家だろうと大大名であろうと、参勤下番の費用が足りず、両替商などに頭を下げて融通を受けるのはごく通常のことだった。ために大名家の家老や江戸留守居役は、両替商、札差《ふださし》、大店《おおだな》に頭が上がらないのが普通だった。

体面を重んじる武家方のことだ。店先でこそ横柄に胸を張っているが、一旦店座敷で対面するとなると、番頭どころか手代にまで米つき飛蝗《ばった》の如く平身低頭し、金銭の工面をつけた。

だが、この日、今津屋の店先に立った若い武家は、そのようなことに関わりがないという顔付きであった。

「そのほうが由蔵か」

「はい、いかにも私が由蔵にございます。そなた様はどちら様にございますか」

「旗本佐野《さの》善左衛門《ぜんざえもん》政言《まさこと》である」

「佐野様にございますね」

どちらの佐野様でと問い直しかけた由蔵に佐野が、

「佐々木磐音どのと面会したく、そのほう、取り次いでもらいたい」

と言った。

「佐野様は、佐々木様と知り合いにございますか」

「会うたことがある」

「ほう、いつ頃のことにございますか」

「そのほう、それがしの身許調べをなすか」

「これは失礼をいたしました。佐野様、店頭ではなんでございます。お上がりくださいまし」

佐野善左衛門を店座敷に招じ上げた。女衆がお茶を供したところで由蔵が、

「佐野様、佐々木磐音様は江戸にはおられませぬ」

と言った。

「なにっ、江戸におられぬとな。そのような話は、この三月にお目にかかった折りには申されなんだが」

「三月と言われましたか」

「いかにも三月。家基様の弔いが行われた日であった」

「なんとあの日に。どのようなご用件でお会いになりましたかとお尋ねしても、お聞かせ願えぬでしょうな」

「それがしと佐々木どのの話じゃ、他人に話せるものか」

佐野の返答はにべもない。

「佐々木どのはどちらにおられる。江戸を離れたは田沼意次が理由か」

田沼意次と呼び捨てにした語調に、佐野が田沼一統と関わりがある者ではなく、反対に田沼意次に恨みと憎しみを持つ武士と由蔵は理解した。

「佐野様、いかにも尚武館の若先生は、田沼様の刺客に追われて江戸を離れられました。いえ、若先生お一人ならば田沼様の刺客などなにするものでもございま

せんが、お内儀の身を案じて江戸を離れられたのでございますよ」

と由蔵は当たり障りのない返事をした。

「それはご心痛なことであったな」

佐野の返事がどこか和らいだ。

「して、いつ江戸に戻られるな」

「佐野様、田沼様の天下にございます」

「腹立たしいことよ」

佐野が吐き捨てた。

「佐野様、佐々木様は田沼様が目の敵《かたき》になさる尚武館佐々木道場の後継の佐々木姓をお捨てになり、旧姓の坂崎に戻られて、ただ今尾張名古屋に滞在なされておられます」

「なに、尾張とな」

「尾張柳生の藩道場に身を寄せられて、時節が巡り来るのを待っておられます」

「尾張ならば御三家筆頭、紀伊閥を鼻にかける田沼意次も手を出せまい」

いえ、と首を横に振った由蔵は、磐音らの旅と尾張に行きついた事情を掻い摘んで佐野に聞かせた。

「なんと、旅の空にあっても田沼の刺客に怯《おび》える日々か。成り上がりの田沼め、どこまで増長しおるか」

「佐野様、坂崎磐音様になんぞ急用にございますか」

「言えるものか」

佐野の返答は相変わらず慎重を極めた。

「それがしが直《じか》に書状を差し上げ、要件を述べたいのだ。滞在先を教えてくれぬか」

「佐野様、この今津屋にも、昼夜を問わず田沼一派の監視の眼が向けられております。佐野様の今津屋訪《おとな》いも、もはや田沼派の知るところにございましょう」

「なにっ、田沼がそれがしの行動を承知したというか」

「間違いなく。でございます以上、坂崎磐音様への連絡《つなぎ》は、用心の上に用心を重ねるに越したことはございません。かく言う私どもも、直には書状のやりとりなどできませせぬ。佐野様、そなた様が用事を仰せになれば、必ずや坂崎様に伝わるよう手筈《てはず》を整えます」

「佐野家の恥、他人に洩らせるものか。由蔵、それがしがそなたのもとを訪ねたことだけを伝えてくれぬか」

「それで用事が察せられますか」

しばし沈思した佐野が、

「系図未だ戻らず、とだけ文に記してくれ」

と言うと、邪魔をしたなと立ち上がった。

由蔵は店の前まで従い、せかせかとした歩き方の佐野善左衛門が人込みに消えるのを見送っていた。

この癇性にして性急な若い武家が、飛ぶ鳥を落とす勢いの田沼意次、意知父子《おきともおやこ》の凋落《ちょうらく》の原因をつくることになるとは、さすがの由蔵も夢想だにできなかった。

ただ、これまで磬音が肚を割った知己友人とは、いささか人柄や気性が異なるな、と首を捻《ひね》ったものだった。

少し傾きかけた陽射しが米沢町界隈に落ち、濃い影を地べたに作っていた。

(店が終わってから尾州茶屋中島家に宛てて書状を書きますか)

と由蔵が考えながら、両国西広小路の方角を見た。すると白鬚《しろひげ》を生やした裁っ着け袴の老人が、脇差《わきざし》だけを腰に差して白布に包んだ刀を提げ、由蔵を見ていた。

一見武士のようでもあり、職人の棟梁《とうりょう》のようでもあった。

「もしや天神鬚《てんじんひげ》の百助《ももすけ》様ではございませんか。いえ、これは失礼、鵜飼《うかい》百助様にございますな。今津屋の老分番頭、由蔵にございます」

「佐々木どのから聞いておるか。いかにも天神鬚の百助じゃ」

鵜飼百助が磊落《らいらく》に答え、笑った。

「今日は奇妙な日にございます。佐々木様のお知り合いが立て続けに今津屋の店をお訪ねになりました」

「最前の人物も佐々木どのの知り合いであったか。いささか佐々木どのとは肌合いが違う仁に見えたがな」

「鵜飼様もそう思われましたか。私も、佐々木様と肚を割る人物とはいささか違うように考えて見送っておりました」

「用件もまた奇妙なことか」

「それがはっきりとは言われませんので。ただ、系図未だ戻らず、とだけ佐々木様に伝えてくれと言い残されました」

「系図未だ戻らず、か。謎《なぞ》めいておるな」

「鵜飼様はこの界隈に御用でございますか」

「いや、こちらに伺うた」

「私どもに。ささっ、中にお入りください」

最前まで佐野善左衛門と対座していた店座敷に鵜飼百助を招き入れた。

「考えてみれば、それがしの用事も曖昧《あいまい》なものよ」

「おや、どうなされました」

「由蔵どのも覚えておられよう。尚武館の改築をなす折りに土中より出てきた二振りの刀をな」

「おおっ、尚武館の護《まも》り刀のように二振りの研ぎができましたか」

「いや、一振りの太刀《たち》の研ぎがようよう終わった」

と百助が答え、

「佐々木玲圓どのと磐音どのが吉岡町のわが研ぎ場を訪われて、三年の歳月が過ぎようとしておる。この三年の間に玲圓どのが身罷られ、磐音どのがおこんさんを連れて田沼一派の刺客に追われる逃避行を続けておられるなど、たれが想像しえたであろう」

「いかにもさようです。一寸先は闇、禍福は糾《あざな》える縄の如し、と申しても、かような過酷な日々が尚武館を襲うとは、この由蔵も努々《ゆめゆめ》思いもせぬことでした」

由蔵は佐野を前にしたときとは異なり、正直な気持ちを鵜飼百助に洩らした。

「佐々木どのはどちらにおられようか」

という百助の問いに、由蔵は知りうるかぎりのことを告げた。

「尾張柳生の道場に滞在か。佐々木どのはどちらに行かれても己れの居場所をすぐに見付けられるな。間違いなく、尾張柳生道場の面々も、尚武館の後継の人柄と腕前に心服しておられよう」

「で、ございましょうな」

と応じた由蔵が、

「鵜飼様、その御刀、名古屋に送れとのことですか」

「この太刀が研ぎ上がったのを口実に、佐々木どのの近況をこちらに尋ねに参ったのやもしれぬ」

と答えた百助が、

「由蔵どの、この太刀じゃが、かすかに銘が読みとれた。平安時代も末、山城国《やましろのくに》で鍛造された国永《くになが》とあたりをつけてよかろう」

と言って白布を剝ぐと、白木の鞘《さや》を庭に向けて、
すいっ
と抜いた。

由蔵は、研ぎ上がった刃に秋の気配を映した太刀の古雅を帯びた気品に、心を

打たれた。

「おお、これは、なんとも雅《みやび》な太刀にございますな」

「由蔵どの、それがしも初めて手掛けた名刀にござった。この国永、京の五条に在住したゆえに五条国永とも称される刀鍛冶《かじ》でな。それがし、最初に見た折り、西国大名の持ち物と判断した。今考えると、この国永の持つ大らかさは、朝鮮の太刀とどこか似通うていたやもしれぬ。尚武館佐々木道場が再興されるとき、これ以上の護り刀はござらぬ」

由蔵は、鵜飼百助が保持する国永がいつの日か佐々木磐音の手に渡ることを胸の中で強く願った。

「由蔵どの、この太刀、どうしたものでござろうな。いくら国永とて、旅の空の下にある佐々木どのにはいささか迷惑やもしれぬ。どうじゃ、この今津屋で預かってはもらえぬか」

「鵜飼様、それは一向に構いませぬが、うちは商人にございます。この太刀、商家の蔵にあるよりは、やはりお武家様の家にあったほうがようございましょう」

「目当てはござるか」

「佐々木磐音様の留守宅は、うちの寮にございます。小田平助様が留守居を務める留守宅にて主の帰りを待つのが、宜しかろうと存じますが、いかがにございますか」

「おお、そのことに気付かなんだわ。早速両国橋を渡り戻り、小梅村の御寮に届けよう」

と鵜飼百助が立ち上がろうとした。

「茶も差し上げておりませぬ。しばらくお待ちくださいませ」

と願った由蔵は急ぎ奥に向かうと、吉右衛門に、佐野と鵜飼の立て続けの訪問を知らせた。

「佐野善左衛門政言様、存じませぬな。そのようなお方と佐々木様に深い付き合いがあったとは」

吉右衛門も佐野については訝《いぶか》しげな表情を見せた。だが、話柄が尚武館の敷地から発見された太刀に及ぶと破顔して、

「老分さん、この時期に太刀の研ぎが終わり、名のある刀鍛冶の作刀と素性《すじょう》が知れたとなりますと、これは明らかに瑞兆《ずいちょう》です」

と答えたものだ。

「私もそう思いました」

「まずなんとしても、鵜飼様に応分の研ぎ料を受け取ってもらうことです。三年もの間、心を砕かれた研ぎにございましょうからな」

「旦那様、鵜飼様に願い、尚武館の護り刀をご覧になりますか」

「私は、佐々木様とおこんさんが子の手を引いて江戸に戻られた折り、とくと拝見させてもらいます」

　なにか考えがあるのか、吉右衛門が笑みを浮かべて拒んだ。

「それより、そなたも国永に付き添い、寮に行ったらどうですか。今宵は仲秋の名月、国永を月に奉じて佐々木様方の無事を祈りなされ」

「それはよい考えにございますな」

　吉右衛門は文箱《ふばこ》から金子二百両を出して袱紗《ふくさ》に包むと、三方《さんぼう》に載せて由蔵に渡した。

　由蔵は三方を押し戴《いただ》くようにして店座敷に戻った。

「鵜飼様、本来なら尚武館の後継佐々木磐音様が受け取るべき太刀にございますが、小梅村の御寮で預からせていただきます。私どもは商人ゆえ、研ぎ料の値は存じませぬが、主が用意した金子にございます。お納めくださいませぬか」

「由蔵どの、それがし、この太刀の研ぎ料など最初から考えておらぬ」

「鵜飼様のお気持ちは分かります。ですが、尚武館の再興をもたらすべき国永の研ぎ料にございます。主吉右衛門の寸志、是非ともお納めくださいませ」

と強く、何度も願った。

「それにしてもこれは過分にすぎる」

「金子は邪魔にはなりませぬ。今流行《はや》りの南鐐二朱銀などではございませんので、どのような時代にも相応に通用いたします」

鵜飼百助の前に差し出した由蔵が、

「鵜飼様、今宵は仲秋の名月にございます。私もお供させていただきますので、小梅村の御寮で国永を月に奉じ、旅の佐々木様方の無事を共に祈りませぬか」

「おう、それはよい考えかな」

柳橋際の川清《かわせい》から猪牙舟《ちょき》を仕立てた由蔵と鵜飼百助は、神田川から大川に出ると流れを斜めに突っ切り、小梅村の御寮に向かった。

その様子を柳橋の上から、

「鬢の爺《じじい》は何者でしょう」

と田沼一派の密偵が浪人の朋輩《ほうばい》に問いかけた。

「あの爺か。御家人ながら刀の研ぎにかけては当代一の研ぎ師にして、刀の目利きの鵜飼百助よ。おれの仲間が差料《さしりょう》を研ぎに出したら鼻でせせら笑い、胡散《うさん》臭い素性の刀など研ぐ腕は持たぬと、けんもほろろに断りやがった、その折り、おれも供をしていたゆえ、あの天神鬚には覚えがある」

「刀鍛冶が今津屋の大番頭を伴い、どちらに行くのか」

「大方、研ぎが終わった刀をどこぞの得意先に進呈するのではないか」

「進呈するとなれば、神田橋の田沼様のほうが利き目もあるでしょうに」

「今津屋は尚武館の仲間だぞ。田沼様に捧げたくても受け取ってもらえぬわ」

　と答えた浪人者が、

「それより、気にかかるのは最前の武家だ」

「菅沼《すがぬま》様があとを尾《つ》けておられますゆえ、身許は知れましょう」

と着流しの密偵が言ったとき、二人の視界から小吉《こきち》の猪牙舟の姿は消えていた。

　そして、大川の水面《みなも》に仲秋の名月が映じて揺れた。

第三章　水行山行の計

一

芸州広島沖に停泊するため、尾州茶屋中島家の持ち船熱田丸は、最大の難所の音戸瀬戸《おんどせと》に差しかかっていた。

東の水平線から十九夜の月が姿を見せようとしていた。

主船頭の梅造が艫櫓《ともやぐら》に屹立《きつりつ》し、舵方《かじかた》、水夫《かこ》ら一人ひとりの動きを注視していた。

「六次《むつじ》、身縄《みなわ》を緩めんかい」

「へーい」

と応じる声が帆柱下から響き、轆轤《ろくろ》が緩められて二十九反の帆がゆっくりと下ろされた。

「止めえいっ」

と梅造が帆を中ほどで止めさせ、左舷《さげん》側の両方綱を絞って帆に受ける風量から、帆のふくらみを調節した。

熱田丸が音戸瀬戸をゆっくりと航行し、抜けた。すると左手に江田島が見えてきて、梅造は再び帆を張らせた。

熱田丸の船足が上がり、江田島を横目に広島の内海が見えてきた。似島《にのしま》に聳《そび》える安芸《あき》小富士の頂きも見えて、梅造は、

「さあて、老中様の手下《てか》が待ち受けておられるかのう」

と艫櫓で呟いたものだ。

尾張の員弁川沖で磐音ら四人を下ろした熱田丸は、何事もなかったように伊勢の内海を進み、大王崎を回って熊野灘に出ると、尾鷲《おわせ》、田辺、淡路島《あわじしま》の洲本《すもと》、摂津、明石《あかし》、赤穂《あこう》と停泊しながら商いを続け、芸州広島に姿を見せた。

尾張の宮の渡しを出るとき、一気に芸州広島に走るような言葉を何度も繰り返したのは、霅田平らに聞かせるためだった。

それを真に受けて霅田平が芸州広島に走るかどうか、もはや主船頭の梅造の知るところではなかった。だが、梅造は身重の女房を従えた武家の一行の行く末が

気にかかり、広島の沖合に目を凝らした。

音戸瀬戸、江田島、似島の物見台の見張りが次々に、熱田丸到着を広島城下の船問屋安芸屋参左衛門方に知らせると、湊は急に活気づいた。

尾州茶屋中島家の商い船熱田丸の入津《にゅうしん》を知った広島側の動きであった。

再び梅造の命で縮帆されたが、二十九反の帆の真ん中に印された丸に茶の字が隠れても、帆の上端左右に染められた黒色縦線が夕暮れの灯《あか》りに浮かび、

「尾州茶屋中島家の熱田丸」

と分かるようになっていた。

湊には安芸屋参左衛門方の浜番頭や手代数人がすでに待機していた。さらに浜からは伝馬船《てんまぶね》が何艘《そう》も漕《こ》ぎ出されて熱田丸を迎えた。

「熱田丸よ、満ち潮じゃけん、船底が当たる心配はねえぞ」

と伝馬の船頭が叫び、

「安芸屋の衆よ、ご機嫌いかがかな。春以来の商いに参りましたぞ」

と梅造のかたわらから、熱田丸に乗船していた尾州茶屋中島家の船番頭専蔵が大声で応じた。

「積み荷は大事ないか」

「海は珍しゅう荒れなんだわ。反物一枚潮水を被っておりゃせんぞ」

「それはなによりじゃな」

幟《のぼり》を立てた伝馬船が、熱田丸が碇を下ろすところまで水先案内した。

すでに熱田丸の船上では二十九反帆が縮帆され、高さ九十三尺の一材ものの帆柱だけがすっくと立っていた。

帆柱の太さが二尺五寸から三尺ともなると、どの千石船も松明柱《たいまつばしら》と呼ばれる細い材を何本も組み合わせたものを使用した。だが、熱田丸の帆柱は一材ものだった。

熱田丸の舳先《へさき》の上貫木《うわかんぬき》から引き綱が伝馬に次々に投げられ、熱田丸は数艘の伝馬で引っ張られ、浜へと近付いていった。

「梅造さんや、ここいらに碇を打たんかえ」

浜から一丁ばかりの沖合で、伝馬の水先案内から声がかかった。

「おうさ、碇を投げろえ」

の声がかかって碇が下ろされ、停船作業が始まった。

伝馬に乗っていた安芸屋の浜番頭が、尾州茶屋中島家の船番頭の専蔵に、

「専蔵さんや、ここんところ天気は落ち着いているぞ。荷揚げは明朝からでよか

ろうな」

「はい、それが宜しゅうござるよ」

と二人の番頭が話し合い、手順が決まった。

伝馬船に乗せられていた赤犬と黒毛の犬二匹が熱田丸に引き上げられ、留守番方二人とともに船倉の荷の見張りに当たることになった。

「これで万全じゃ。船に留守番方を残して下船しなさらんな。広島の酒と魚が待っとりますぞ」

「それを楽しみにして来ましたよ」

さらに叫び合う様子を、熱田丸から数丁離れた場所にいる三百石船が見ていた。

帆前の揚げ蓋甲板に苫葺《とまぶ》きの小屋があり、雹田平とその一味が姿を隠していた。

尾張宮の渡しから幾つかの組に分かれて東海道を京へと走り、さらに伏見から摂津大坂へ淀《よど》川を下った一行は、この地で三百石船を雇い入れ、瀬戸内の海を先行してきたところだ。

だが、尾張から芸州広島に一気に航海するような言動にも拘《かかわ》らず、熱田丸はなかなか広島に姿を見せなかった。

雹の番頭格木枯らしの狐助は、言葉巧みに安芸屋出入りの男衆《おとこし》に近付き、尾州茶屋中島家の熱田丸が近々商いに来ることを知った。

とすると海路の途中で船になにか故障が生じたか。このところ船を遅らせるような嵐もなかった。

なにがあったか、と案じているところに、雹田平より五日遅れで熱田丸が入津してきた。

「お頭、あやつらの姿が見えませんな」

と木枯らしの狐助が声を潜めて言ったが、雹からの返答はなかった。

停船作業が終わった熱田丸では、船番頭の専蔵や主船頭の梅造らが次々に伝馬船に乗り込み、浜へと向かっていた。

「あやつら、暗くなるのを待って下船するのでしょうか」

木枯らしの狐助の問いには答えず、遠眼鏡《とおめがね》から目を外した雹田平は瞑想《めいそう》した。

そして、瞑《つむ》った眼を熱田丸に向けてなにごとか呪文《じゅもん》を唱えていたが、両眼を見開くと、
ぎらり
と鋭く尖《とが》った視線を熱田丸に向け、

「あやつら、途中で下船したわ」

と怒りを抑えた声で言った。

「お頭、熱田丸は尾張から一気に芸州に来たんじゃないんで」

と手下がうっかりした言葉を吐いた。

雹田平の長い手が伸ばされて、迂闊な言葉を吐いた手下の喉笛《のどぶえ》がぎゅっと摑まれ、持ち上げられた。

「た、助けてくれ、お頭」

どさり
と床に投げ捨てた手下には見向きもせず、苫小屋に雹の罵《のの》り声が響き渡った。

その後、雹は苫小屋を出て三百石船の舳先に上がると胡坐《あぐら》をかき、夕暮れの光に染まる熱田丸を長いこと凝視していた。

雹の脳裏に、船に乗り合わせた四人の姿が映じた。

(わが手から逃げおったわ)

尾州茶屋中島家の大番頭らに一杯喰《く》わされたのだ。

(はて、どこに向かったか)

雹田平は夕闇《ゆうやみ》に沈みゆく熱田丸を凝視しながら、長い間瞑想を続けた。

熱田丸には留守番方二人を残して、人の気配はなかった。揚げ蓋甲板の上を二四の犬がうろついていた。

鼋が瞑想を解いたのは、半刻（一時間）も過ぎた頃のことだ。その様子を注意深く見守っていた針糸売りのおつなが、

「お頭、あやつらの下船した湊が分かりましたか」

と尋ねた。

「坂崎磐音め、この鼋田平の裏をかきおったぞ。外海に出ることなく尾張領内で船を下りた」

「未だ尾張領内に潜伏しているということですか」

「いや、尾張領は抜けた」

「してどちらに」

「訝しいことに気配が感じられぬ」

と悔しげに吐き捨てた鼋田平が、懐からさいころのようなものを数個取り出し、舳先から揚げ蓋甲板に放り投げた。さいころには絵文字が描《か》いてあったが、それらがころころと転がり、止まった。

鼋田平は筮竹《ぜいちく》を出してさらに四半刻（三十分）ほど卜《ぼく》した。

靄《もや》が湧く水面《みなも》を川船が進んでいた。

船上に人影が四つ、坂崎磐音一行だ。

(そうか、やつらは湖を渡ったか)

尾張領内に再上陸したとして、西に進めば琵琶湖東岸に辿り着く。そこから身重の女房のことを考えて水行《すいこう》するとしたら、対岸は京に近い。

(磐音らは延暦寺《えんりゃくじ》を抜けて京に出る気か)

脳裏に磐音らの姿を透視できないのは、天台宗の総本山延暦寺領に潜んでいるせいではないか。

霤田平は三百石船の舳先から揚げ蓋甲板に飛び下りた。

「あやつらの行き先が分かった」

「どちらに潜り込んだのですか」

「ただ今、奴らは延暦寺寺域に潜んでおるわ。だが、そこが奴らの居場所ではあるまい」

「お頭、尾州茶屋中島家の本家は京にございます」

「狐助、まず間違いないわ」

「こたびはまんまと騙されましたが、京では逃しません」

「あやつらが延暦寺に逗留した分、われらが摂津大坂に戻る余裕もできた」

「ならば明早朝、摂津に戻る仕度を船頭どもに命じておきます」

木枯らしの狐助が、艫櫓に待機する船頭のところに新たな命を伝えに行った。

「お頭、おこんの腹はいよいよせり出し始めております。常人が旅するほどには、はかどりますまい」

「いずれ仮の塒《ねぐら》に落ち着く。子を産まねばならんでな。どこに隠れ潜もうと、必ずや見付けだす」

雹田平の声が薄闇に響いた。

芸州広島の海にいつしか夜の帳《とばり》が下りていた。


そのとき、磐音ら一行は、大和国宇陀《うだ》路《じ》大宇陀《おおうだ》の関戸《せきど》峠を越えた山寺、覚恩寺《かくおんじ》に滞在していた。

鞍掛峠を経て彦根道に出ると、彦根城下で霧子は、琵琶湖の南岸、瀬田川まで船を雇った。

おこんは、鞍掛峠越えでくたくたに疲労していた。だが、気丈にも、

「皆さん、私は大丈夫です。私のことはご放念ください」

と願った。だが、旅慣れた磐音らには、身重の身での逃避行がいかに疲労を招

くものか、容易に想像がついた。そこで霧子が磐音と弥助に相談して、彦根領内の漁師船を雇い、琵琶湖を南進して瀬田川に下り、一里ほどいった南郷《なんごう》の地で船を捨てた。

この船旅のおかげで、おこんは幾分元気を取り戻した。だが、これからが道中の正念場だ。

光明寺《こうみょうじ》に願って数日、宿坊で休ませてもらい、おこんの疲労がとれたところで道中を再開した。

この光明寺滞在の間に磐音と弥助は、霧子の言葉もあって尾根歩きの身仕度を整えた。

弥助は背に霧子同様の竹籠を負い、その中に山歩きの道具や食糧を入れて運ぶことにした。

磐音はこれから山に入ることを考え、筑前福岡城下と土佐高知城下に滞在中の松平辰平と重富利次郎に宛て、尾張を去り、霧子の道案内で紀州和歌山藩領の隠れ里に向かうことを書き記した。さらに江戸南町奉行所の年番方与力《ねんばんかたよりき》笹塚孫一《ささづかまごいち》に宛てた二通の書状を認《したた》めた。不思議にも笹塚当人に宛てた二通の差出し人の名は、近江《おうみ》瀬田光明寺住職源義《げんぎ》となっており、その一通は室町の飛脚問屋の伝十《でんじゅう》預かりとなっていた。四通の書状を磐音は、この地の飛脚屋に頼んだ。

だが、尾張に連絡をとることは避けた。むろん田沼意次一派の厳しい監視の眼を考えてのことだ。なんとしてもおこんがやや子を無事に産むまでは、無謀なことはするまいと心に誓っていた。

三日ほど滞在して、休養と仕度を終えた一行は、光明寺をあとに瀬田川沿いをひたすら南進し、途中で西に蛇行する瀬田川と別れて、富川《とみかわ》の磨崖仏《まがいぶつ》を目指すことになった。

とはいえ磐音も弥助も大和の山に入り込めば、知識も体験もない。霧子の雑賀衆の頃の記憶にすがるしかない。

おこんの足の運びに合わせ、一日せいぜい二里進むだけのこともあった。近江、山城、大和の国境《くにざかい》を南下するにつれて街道から外れ、山窩《さんか》や修験者や甲賀《こうが》衆、雑賀衆のような者たちだけが知る獣道、尾根道に入り込んだ。

先導する霧子、おこんに付き添う磐音と弥助の、必死の尾根歩きが何日か続き、宇陀路大宇陀の尾根道に入ったこの日、おこんの具合が悪そうなのを見て、山寺の覚恩寺で休息をとることにしたのだ。

おこんを寺の湯に浸からせ、夕餉《ゆうげ》を摂らせると、早々に床に就かせた。

磐音と弥助、霧子は、明日からの行程を話し合った。

「霧子、紀州の国境まで何日の行程か」

「この数日が峠にございます」

「尾根はさらに厳しゅうなろうな」

「はい」

磐音の言葉に霧子が苦渋の顔で答えた。

霧子の頭の中には、幼い折り、七、八年の時を過ごした極楽浄土が浮かんでいた。だが、身重のおこんにはあまりにも厳しい道程だった。

「どうしたもので」

と弥助がおこんの体調を気遣った。

「弥助どの、霧子の話を聞いたときから険しい道中と覚悟して参った。おこんも辛《つら》かろうが、この数日をなんとしても乗り切りたい。雹田平の追跡を躱すには、この険しい尾根道の旅こそ肝要かと思う」

「師匠、国境を越えれば、空海様の懐の中にございます。雹田平らが踏み入ることは決してできません」

「霧子、尾根道はこれまで以上に厳しいのだな」

と弥助が念を押した。

「おそらく、おこん様の足では無理かと存じます」

「なんぞ知恵があるようじゃな」

「私どもがその楽土に向かうときも、身重の女衆《おんなし》が何人か従っておりました。その女衆を亭主方が負《おぶ》ったり、もっこに乗せて男二人が天秤棒《てんびんぼう》で担いだりして、その里に辿り着きました」

「もっこにおこんを乗せて、尾根道が歩けるか」

「狭いところですが、なんとか」

「弥助どの、力を貸してもらえぬか」

「むろんにございますよ。もっこと天秤棒を用意しますか」

「いや、この寺には竹林があった。それで考えたのだが、竹で背負《しょ》い子《こ》を造り、蔓《かずら》を頑丈に編んで、おこんが腰掛けられるようにしていけたらどんなものかと」

「もっこより随分と楽でございましょうな。明日、早速拵《こしら》えましょうか」

磐音と弥助は、おこんを搬送する道具について話し合った。

翌々朝、苦難の旅が再開された。

その日のうちに、吉野の桜で名が知られた吉野山の北を抜け、吉野川沿いに脇街道が何本も交わる地まで進んだ。

この日、おこんは磐音と弥助が苦心した背負い子に乗ることはなかった。

だが、再開後二日目、岩峰の尾根に差しかかったとき、磐音は新しく工夫したおこん用の背負い子を負った。おこんを座らせて、背負い子から転がり落ちないように帯でしっかりと結んだ。

「磐音様、申し訳ございません」

「なにを言う、われらは夫婦じゃぞ。そなたの腹には子がおるのだ。亭主が女房を負うくらい当たり前のことじゃ」

磐音は竹杖《たけづえ》を手にゆっくりと立ち上がった。

「どうじゃ、おこん」

磐音の背中に後ろ向きに乗ったおこんは、

「私は大変楽ですが、磐音様は大丈夫ですか」

「それがしは剣術の修行で体を鍛えておるでな、おこんを担ぐくらいなんでもない」

と応じた磐音が、

「霧子、先導してくれ。それがしが真ん中を行き、最後を弥助どのに願おう」

隊列を組んだ一行は岩峰の尾根をひたすら登ったり下ったり、場所によっては切り立った鋸《のこぎり》の刃状の尾根を一歩また一歩と前進していった。

この日、霧子が、

「今宵の宿です」

と案内したのは、大きな岩壁に自然が造り出した洞《うろ》だった。

「霧子さん、随分と山深いところですね」

「おこん様、この辺りは天川《てんかわ》といい、大峰《おおみね》修験道の霊場にございます。役行者《えんのぎょうじゃ》しかこの界隈には入り込めません」

霧子が懐かしげに、山また山、岩また岩の峰々を眺めた。

二

豊後《ぶんご》関前《せきまえ》城下を見下ろす峠にも秋は訪れていた。

一人の青年武士が菅笠の縁《へり》を片手で差し上げ、秋茜が飛び交う峠から、関前の内海に突き出すように築城された白鶴《はっかく》城とその左右に広がる城下町を懐かしげに見ていた。

白鶴城の異名は、南北に羽を広げたような雄美岬《ゆうびさき》と猿多岬《さるたさき》と、内海に突き出た城が鶴の頭に見えることから呼ばれるようになったものだ。

ちょうど二年前の秋、松平辰平はこの峠から独り武者修行に旅立った。

「戻って参りましたぞ」

と辰平は声に出して言った。むろん直参旗本松平家八百七十石の次男坊辰平は、豊後関前城下に生まれたわけでもなければ、この地に血縁があるわけでもない。

二年前、坂崎磐音とおこんに伴われて、海路関前の風浦《かぜうら》湊の船着場に到着し、短い間ながらこの関前城下に滞在した。

江戸生まれの辰平にとって初めての他国滞在は、多感な青年期と重なる。そのせいか豊後関前が故郷を思わせる体験となったのだ。さらに辰平は、この地から峠を越えて肥《ひ》後《ご》熊本、筑前福岡へと、独りだけの武者修行に出立したのだ。辰平にとって間違いなく、

「関前は故郷」

であった。

峠の斜面には櫨《はぜ》や山もみじが色付き、城下には長閑《のどか》にも秋の陽射しが散ってい

た。

「よし」

と声を出した辰平は、峠道から城下に向かって急ぎ足で下り始めた。

一石橋《いっこく》を渡ると城下だ。

磐音の帰国を祝い、おこんを交えての宴《うたげ》が催された須崎浜の松風屋が松林の中に見え、鶏が餌《えさ》を啄《ついば》む景色が見られた。浜通りを抜け、物産所のある広場を抜けた。

夕暮れ前のせいか、広場を往来する人々は急ぎ足だが、それですら江戸や博多の人々の歩きに比べればどことなくのんびりとしていた。

辰平は未だ鮮明に刻まれた記憶に従い、大手門を潜《くぐ》った。すると藩士が、

「待たれよ」

と制止して笠の下の顔を覗き込み、

「もしや松平辰平どのではないか」

と問いかけた。

門内は薄暗く、陽射しの中を旅してきた辰平には、すぐに顔が見分けられなかった。だが、しばし見ているうちに、

「おおっ、園田《そのだ》七郎助《しちろうすけ》どの」

「戻ってこられたか」

「はい。いささか思うところありて、豊後関前に再び立ち寄らせていただきました。峠に立ったとき、まるで関前がそれがしの真《まこと》の国表《くにおもて》のように思えて、懐かしさのあまり涙がこみ上げそうになりました」

「辰平どの、そなたにとって関前は第二の故郷に間違いない。よう戻られた」

と園田七郎助が首肯すると、

「家老屋敷に参られるところじゃな」

「いかにもさようです」

「磐音様のこと、そなた、なんぞ知らぬか。江戸では老中田沼意次様の勘気にふれて尚武館佐々木道場が閉鎖されたとか、佐々木玲圓先生が自裁されたとか、磐音様は江戸から追われたとか、あれこれ断片的な風聞は伝わってくるが、ご家老は一切口を噤んでおられる。われらには江戸屋敷の朋輩からの書状が頼りじゃが、それとて仔細《しさい》に記してくるものはない」

七郎助が訴えるように辰平に告げた。

「園田どの、それがしも筑前福岡藩に滞在しておりましたゆえ、江戸の事情は分かりませぬ。武者修行を一旦切り上げて江戸へと戻る途次、こうして関前に立ち寄ったのでございます」

「坂崎邸にしばらく滞在いたすな」

「はてどうなりますか」

「もし家老屋敷に差し支えがあるなら、ここに戻ってこられよ。うちでよければいつまでも逗留されるがよい」

「ご親切痛み入ります。まずは坂崎家に挨拶に伺います」

中戸《なかと》道場の稽古《けいこ》仲間と別れた辰平は、大手門から中之門を潜り、豊後関前藩六万石の重臣らの屋敷が軒を連ねる西の丸内に入った。

豊後関前を襲った幾多のお家騒動を切り抜け、藩財政再建を果たした坂崎正睦《まさよし》は藩主福坂実高《ふくさかさねたか》の全幅の信頼を得て、中老職から国家老に昇進し、盤石な藩経営の中心となっていた。

家老屋敷の堂々たる門構えにも、そのような坂崎正睦の自信が漂っていた。と同時に人を寄せ付けぬ頑《かたく》なな感じも門前に漂っていた。この頑なさは嫡男《ちゃくなん》磐音を襲った運命《さだめ》と関わりがあるのではと、門前で辰平は立ち竦んだ。すると門番の老《ろう》爺《や》が旅姿の辰平を認めて、

「まさか磐音様ではなかろうかね」

と囁いた。

「爺《じい》どの、磐音様ではないぞ。二年ほど前、世話になった松平辰平じゃ」

「辰平様」

と言いながら近寄ってきた爺が、

「おおっ、松平辰平様が戻ってこられましたか」

と言うと門内によたよたと走っていって、

「ご用人様、松平辰平様がお戻りですぞ」

と式台前から叫び声を上げた。

するとと玄関にばらばらと人影が飛び出してきて、

「おお、よう戻られた」

「ご無事でなにより。二年前に船で着かれたときより体付きががっちりとして、まるで昔の磐音様を見るようじゃ」

などと言い合った。

「たれぞ足を濯ぐ水を持て」

と叫ぶ用人に辰平が、

「用人どの、坂崎家の井戸端を承知しております。そちらのほうが気楽ゆえお借りしとうござる」

と願った。

「ならばそうなさるか」

と用人が言うところに、

「辰平どの、よう坂崎家に戻られました。そなたは磐音の門弟にして身内です。井戸端よりは湯殿を使い、さっぱりなされ」

坂崎家の奥方照埜《てるの》の声が響いて、

「照埜様、お懐かしゅうございます。二年ぶりの関前訪問にございます。ご挨拶に立ち寄らせていただきました」

と辰平は腰を折った。

「照埜様、井戸端を拝借してようございますか」

「この陽射しの中、道中をしてきた辰平どのに、井戸端で水浴びなどさせられましょうか。ささっ、草鞋《わらじ》の紐《ひも》を解《ほど》きなされ。私が湯殿に案内《あない》します。たれぞ、辰平どのに着替えを用意なされ。磐音の若い頃のものが、私の居間に整うておりますよ」

自ら辰平を案内しながら、照埜はまるで磐音が戻ってきたような錯覚を抱いていた。

半刻（一時間）後、辰平は坂崎家の仏間に入り、灯明を灯《とも》して線香を手向《たむ》け、先祖の霊に磐音とおこんの無事を祈った。しばし仏間で時を過ごす辰平に、

「松平辰平どの、こちらに」

と正睦の声が命じた。

仏間に続く客間で、脇息《きょうそく》に手をかけた正睦が辰平を迎えた。

「ご家老様、お招きもなく松平辰平、豊後関前に戻って参りました。思いがけないご厚意、恐縮至極にございます」

「辰平どの、それがし、そなたの上役ではないゆえ、家老と呼ぶのはやめてもらおう。磐音の門弟にして弟分のそなたじゃ、なんの遠慮も要らぬ」

と正睦が言い、しばし間をおいて、

「それにしてもよう戻って参られた」

と呟いた。そこへ照埜が自ら茶菓を運んできて、

「夕餉の膳《ぜん》はしばしお待ちくだされ、辰平どの。美味しい関前の魚を存分に馳走

しますでな」

と笑みを浮かべて言いながら、辰平の顔をじいっと見詰めた。

「おまえ様、最前、玄関先の暗がりで辰平どのを見たとき、磐音が戻ってきたようで、胸が騒ぎました。磐音とおこん、今頃どこでどうしておりましょうか」

「照埜、磐音は実家の敷居を跨《また》ぐことを遠慮しておろう。磐音とおこんが関前に戻るものか」

正睦の返答を受けて辰平が問うた。

「こちらには、磐音様から書状が参りませぬか」

「藩にもわが屋敷にもない。推測ながら老中田沼様の監視を気にしてのことと思う。江戸屋敷から、家基様の急死と弔いの様子、佐々木玲圓どのとおえい様が自裁されたこと、尚武館が取り潰されたこと、磐音とおこんは今津屋の御寮に移ったこと、そして、その姿が最近では見かけられないことが、密かに伝えられた。じゃが、真実《まこと》かどうかもこちらではまるで判断がつかぬ」

「私は、おまえ様と違い、必ずや磐音は豊後関前に密かに戻ってくると思うております。最前辰平どのを倅《せがれ》と見間違うてしまいました。考えてみれば、磐音はもはや独り身ではなし、かたわらにおこんが必ずや寄り添うているはず。いささか早とちりしてしまいました」

照埜が哀しげに答えた。

「正睦様、照埜様、申し上げます」

「なんじゃな」

と正睦が脇息に添えた手を膝《ひざ》に戻し、身を乗り出した。

「磐音様とおこん様は、ただ今尾張名古屋に逗留中にて、尾張藩と大商人尾州茶屋中島家の庇護のもとにあるそうな」

「なにっ、御三家尾張様のもとに身を寄せておるとな。ならば田沼様もそうそう手を出せまい」

正睦が安堵の声を洩らした。

正睦も、家基の急死に始まる一連の江戸の大騒動は老中田沼意次の画策と考え、佐々木玲圓の自死で事が終わるはずもないと内心考えていた。

そこで豊後関前藩江戸屋敷の江戸家老に宛てて、決してこちらから磐音に連絡《つなぎ》をとることはならぬ、また磐音が万々江戸屋敷に救いを求めてきたとしても、手を差し伸べることも門内に入れることも罷《まか》りならぬ、と厳しい書状を送っていた。

磐音の父親としては窮状をなんとか救ってやりたい。だが、豊後関前藩福坂家の国家老として、藩主実高を窮地に陥れ、藩と家臣団、領民を路頭に迷わせるような行動をとることはできなかった。

正睦も照埜も悶々《もんもん》として磐音とおこんの無事を神仏に祈るしか、他に術《すべ》はなかった。

「辰平どの、よう知らせに来てくだされた。なんと喜ばしい知らせにございましょう」

「照埜様、そればかりではございませぬ」

と辰平が照埜を見た。

「どうなされた、辰平どの。なんぞ悦《よろこ》ばしい知らせが他にございますか」

「おこん様にやや子が宿っておられますそうな。産み月はこの師走《しわす》から正月にかけてのことだそうにございます」

「おおっ」

照埜が喜びの声を発した。

「これ、照埜、はしたない」

「おまえ様も、茶をこぼして膝を濡《ぬ》らしておいでですよ」

「茶など何杯でもこぼしてみせるわ。なんと、磐音とおこんに子が生まれるか」

正睦も必死に喜びを抑える体《てい》で、

「それにしてもよかった」

と小さな声で呟いたものだ。

「尾張名古屋ならば江戸ではなし、磐音とおこんに会いに行くこともできますな。のう、おまえ様」

照埜が話を進めた。

「藩の便船に乗れば、十数日で着こう。じゃが、当然、名古屋にも田沼様の目が光っていよう。照埜、ただ今はじいっと我慢して、この関前から、おこんが無事に子を産むのを見守るしかあるまい」

正睦の言葉に照埜が悄然と肩を落とした。

「正睦様、照埜様、磐音様とおこん様には、弥助どのと霧子が同道しているそうな。この二人は心強い味方にございます」

「そうか。もはや昔の磐音ではないでな。西の丸様の剣術指南にして、田沼様の意向で潰されたとは申せ、直参旗本や大名諸家に数多《あまた》の門弟を持つ尚武館佐々木道場の後継じゃからな」

「正睦様、田沼様は尚武館佐々木道場の再興を非常に恐れておられるそうな。これは、筑前福岡藩黒田家の重臣方から再三聞かされたことにございます。江戸を離れられた磐音様は、佐々木家先祖の菩提寺《ぼだいじ》に参られ、玲圓大先生とおえい様の回向《えこう》をなされたそうな。その折り、菩提寺の和尚《おしよう》どのの忠言を入れられて、田沼一派が気にかける佐々木姓を捨て、坂崎磐音様、つまりは一介の剣術家に戻られたそうにございます」

「それほどまでに田沼様の追及は厳しいか」

「磐音が坂崎家に戻って参りましたか」

正睦と照埜の反応は異なった。

「照埜、磐音は坂崎家に戻ったわけではない。坂崎姓に戻ったとはいえ、別姓に等しい。もはや別人と思え」

「おまえ様、それくらい私も承知です。ですが、血の絆《きずな》は消せませぬ。磐音は私が腹を痛めた子にございます」

と正睦に応じ返した照埜が、

「辰平どの、それにしてもよう関前に戻られ、嬉しい知らせを伝えてくれました」

と改めて礼を述べると、

「ご先祖様に私の口から報告を」

と隣の仏間に入っていった。

「辰平どの、武者修行を中断して豊後関前を訪ねられたは、他に理由があってのことではないか」

と正睦が辰平に尋ねた。

「正睦様、尚武館門下でただ今武者修行の途次にあるのは、それがしばかりではございません。それがしの朋友重富利次郎が、土佐高知城下に滞在して稽古に励んでおります。磐音様はそれがしのみならず利次郎にも、近況を告げる書状を認《したた》められたそうです。それがし、豊後関前に立ち寄ったは、磐音様方の近況をお知らせした後、土佐高知に向かうためにございます」

「辰平どの、磐音はそなたらになんぞ頼みごとや助力を書状で願うたか」

父親の正睦は、磐音が田沼派の追及に抗して徒党を組むことを恐れていた。相手は天下の老中である。徒党を組んで抵抗したとなると、世間は磐音や尚武館佐々木道場への見方を変えると思った。

「いえ、そのような文言は一切ございません。江戸の事情に心を左右されることなく、初心の武術修行に専念されたし、と記されてございました」

辰平の返答に正睦は安堵して首肯したが、それでも念を押した。

「そなたの高知行は朋友に会うためじゃな」

「筑前福岡滞在はおよそ一年になります、そこで場所を変えて新たに武者修行の旅を続けたく存じます。その前に利次郎に会い、お互いただ今の技量を確かめんと考えました」

「土佐高知の山内家も武勇で鳴る大名家じゃからな」

と正睦が得心した。

「辰平どの、磐音がそなたらに宛てて新たな書状を出すことがあろうか」

「それがし、福岡を発つ前、名古屋の尾州茶屋中島家に宛てて、高知に向かう旨を記した書状を送りました。もし、それがしの書状が磐音様の手に届いたなら、磐音様は高知の利次郎に向けて、書状を認めてくださるのではと思うております」

正睦は小さく首肯し、しばし沈思した。

「関前藩から土佐の宿毛《すくも》に向かう船を手配する。その船に乗っていかれよ」

「それがし、どこぞの浜から漁師船に便乗させてもらおうかと考えてきました」

「関前藩はただ今、藩の御用船を何隻も所有しておるでな、宿毛に仕立てるなど、いと容易《たやす》いことじゃ。宿毛から土佐中村を経て高知城下まで、四十里足らずであろう。そなたの足なれば三、四日で友と再会できよう」

「ご親切に甘えてようございますか」

「その代わり、頼みがある」

「なんなりと」

「そなたが次に尾張に向けて書状を認める折り、それがしの文を同封してくれぬか」

「畏まりました」

と正睦に答えた辰平は、後ろめたさを感じずにはいられなかった。

辰平は利次郎を誘い、磐音らの旅に加わる覚悟で筑前福岡を発ってきたのだ。磐音らの旅は、未だ田沼一派の刺客の追跡を受けてのことだと察せられた。だからこそ弥助と霧子が同道しているのだ。なんとしても利次郎とともに尾張名古屋に向かい、なんらかの手助けになればとの心づもりだった。

「一日二日を争う旅ではなかろう。そなたの剣仲間も関前におる。数日滞在して久闊《きゅうかつ》を叙するがよい。その間に書状を認めよう」

と正睦が勧めた。辰平は、

「畏まりました」

と頷きながら、正睦様の書状は必ずやこの手で磐音様に届けますと心に誓った。

三

名古屋の尾州茶屋中島家の店先では、大番頭の三郎清定が影ノ流師範の馬飼籐八郎を相手に茶を喫していた。これまで馬飼が、藩の御用達にして、代々細作《さいさく》の役目を負い、朝廷やら幕府相手に情報を取り合い、尾張藩との仲を取り持っているとの噂の大店《おおだな》に立ち寄ることなどなかった。

だが、客分として藩道場に通っていた武芸者清水平四郎の身許が、田沼意次の刺客により、今は亡き西の丸家基の剣術指南にして直心影流尚武館佐々木道場の後継、坂崎磐音と知れた。

藩内では、田沼意次なにするものぞ、権勢を誇る田沼一派に独り敢然と立ち向かい、身重の女房を連れて尾張に仮の住まいを見つけようとした磐音一行を守れ、という声が渦巻いた。

だが、江戸から届けられた知らせが藩内の大半の声を封じ込め、尾張領外に出すことが決まった。

馬飼は、磐音一行が名古屋城下をあとにする前々日、城中で密かに藩主宗睦と磐音が会った事実を知らなかった。だが、尾州茶屋中島家の商い船で芸州広島に発った磐音一行の動静をきっと尾州茶屋では摑んでいようと、稽古の帰りに立ち寄ったのだ。

大番頭の三郎清定は、清水平四郎と名乗っていた坂崎磐音を尾張柳生新陰流、俗称影ノ流の藩道場に連れていった人物であった。

その折り、道場主の石河季三次に指名されて清水と最初に立ち合ったのが馬飼籐八郎であることも三郎清定は承知し、格段の違いを見せつけられた馬飼が磐音の技量と人柄に心服して、師弟の誓いを立てたこともその場で見ていた。

尾州茶屋の店にはいつもの静謐《せいひつ》な気が流れ、寡黙に帳付けにはげむ奉公人がいるばかりで、時折り硯《すずり》の墨をする音が気《け》怠《だる》く響いていた。

「馬飼様、そなた様には申し上げておきます。ただし、他言無用に願います」

ひととおりの挨拶を武骨に済ませた馬飼に三郎清定が言い出した。

奉公人にさえ聞こえないほどの小さな声でだ。

「大番頭どの、なんでござろう。それがし、口が堅いどころではない。栄螺《さざえ》の蓋が如く開かぬと、道場で偏屈者扱いされた時期もござった」

「はい、馬飼様の人物は、この三郎清定もよう承知にございますよ」

と笑みで応じた大番頭に、

「熱田丸は芸州広島に無事到着したであろうな。広島藩浅野家は伯耆《ほうき》流居合術がさかんなご家風。坂崎どのはすぐさま道場に馴染まれ、稽古に指導にはげんでおられような」

と問うた。

「そこでございますよ」

「なんだ、そことは」

「坂崎様方は芸州広島に行かれたのではございません」

と三郎清定が平然と言った。

「なにっ、熱田丸は一気に芸州まで突っ走る商い船ではなかったか」

「どこでどう田沼様の眼が光っているやもしれませぬ。そこで一計を案じ、熱田丸は芸州に直行する帆船とあちらこちらで言いふらしましたが、その実、伊勢の内海を出る前に立ち寄った先がございます」

「どこか、津《つ》辺りかのう」

馬飼は咄嗟《とっさ》に大和柳生の地に隠遁《いんとん》したのではと考えて、津の地名を出した。すると三郎清定がにんまりとして顔を横に振り、

「員弁川河口に熱田丸を立ち寄らせ、坂崎様方を迎えの川船に乗り移らせました。数瞬の出来事で、たれも怪しんだ者はおりますまい。ご一行は員弁川を遡上《そじょう》し、途中で船を捨て、鞍掛峠を徒歩で越えられ、彦根に出られました」

「員弁川河口じゃと。それでは宮の渡しと目と鼻の先、尾張領内ではないか」

「あれこれと細工するには領内が都合もようございますでな」

「分かった。で、その先、ご一行はどちらに参られたな」

「琵琶湖を横切り、比叡山延暦寺の宿坊にておこん様にしばし休養をしていただき、次なる地に移動してもらう手筈を整えました」

三郎清定が自信たっぷり言い切った。

「さすがは細作の家柄の茶屋中島家じゃ。あれこれとやることが細かいのう。われら武芸者ではこうはいかぬ。老中田沼様を出し抜くには、いかにもそれくらい細心の注意が要ろう」

「そこでございますよ」

「して、坂崎どの方が落ち着かれた先はどちらか」

「馬飼様、これぱかりは極秘に願います」

「馬飼籐八郎を信頼せられよ」

「わが京の本家、茶屋家に身柄を預けました」

「おおっ、それはよいところに」

「で、ございましょう。本家は朝廷を含め、京の神社仏閣に通じた家柄。どのような場所にでも坂崎様方の居場所を見つけて進ぜますでな。紀伊の出の成り上がり者がにわか老中に出世していささか有頂天になっておりますが、その威光が届かぬ先が京にございますよ。この三郎清定に抜かりはございません」

「いかにもさようであろう。京ならば尾張同様、おこん様と申されるお内儀どのも安心してお産を迎えることができような」

「いかにもさようです」

「で、京から安着したと言って参ったか」

「いえ、田沼派の密偵を用心してしばらくは文など名古屋にお出しくださるなとご注意申し上げたせいか、何事もございません。便りがないのは無事の徴《しるし》にございますよ」

と言う大番頭の言葉に馬飼が満足げに頷いた。

「京におられるなら、時節を見てこちらから会いに行くこともできよう」

「馬飼様、ただ今動かれてはなりませぬぞ。どこでどう田沼一派の眼が光っているか、知れたものではございませんからな」

「案じるな。時節を見てのことじゃ。その折りはそなたに相談いたすわ」

馬飼が安心したように、供された茶に手を伸ばした。

一方、三郎清定は、いささか不安を感じていた。確かに磐音には、

「当分書状など不用に願います。そなた様方の動静は本家が摑んで逐一報告してきますでな」

と申し渡していた。

だが、肝心の本家茶屋四郎次郎方から、坂崎磐音一行が安着したという知らせがこないのだ。本家と分家の間には定期的に商いの書状を交わす習わしがあった。にも拘らず知らせがないのは、本家が坂崎磐音一行の匿《かくま》い先を、

(慎重に細心に探っているということであろうか)

と三郎清定は考えた。それにしても、

(いささか連絡《つなぎ》が遅い)

と不安に落ちたりしていた。

尾州茶屋中島家の前を南北に走る茶屋筋の向こうから、かたかたと状箱が鳴る音が響いてきた。

京の本家と尾張の分家を結ぶ飛脚屋が到着した知らせだ。

「馬飼様のお心が通じたと見えて、京から知らせが参りましたよ」

と三郎清定が言うところに、塗笠で秋の陽射しを遮った飛脚が店の中に飛び込んできて、

「ふうっ、さすがに日陰は涼しいや」

と呟き、ぺこりと顔見知りの大番頭に頭を下げた。

「谷十《たにじゆう》さんや、本家の大番頭さんから私宛ての書状はございますかな」

「ちょいとお待ちを。わっしはどなた宛ての書状か知りませんでな。預かった書状をただの一通も紛失しないようにお客様の手元に届けるのが役目でございますよ」

と言いながら老練な飛脚の谷十が肩から状箱を下ろし、箱の蓋に閂《かんぬき》がわりに差し込んだ棒を抜いた。そして、蓋を開くと、

「へい、ご本家からの書状にございますよ」

と三郎清定に渡した。

十数通の書状は大半が商いの受け渡し状だったり、為替だったりした。だが、

三郎清定は、

「馬飼様がうちに見えられたのが瑞兆。本家の大番頭さんが私に書状をくれましたよ」

と大きく首肯すると、

「しばらくお待ちくださいませ。吉報を知らせますでな」

と封を披いた。

馬飼籐八郎は、黙読する三郎清定の顔色がみるみる変わっていくのを見ていた。

「なんと、そのようなことが」

「それはいささかおかしい」

などと呟く三郎清定に、

「大番頭どの、おこん様の身になにかあったか」

と我慢しきれずに訊いた。

「いいえ、そのようなことがあろうはずもない」

と心ここにあらずの体《てい》で呟く三郎清定に、

「大番頭どの、坂崎どの方になにが起こったな」

と詰問した。

「馬飼様、どうしたことで」

「説明もなしに事情が分からぬではないか」

「本家の大番頭八右衛門《はちえもん》様から、未だ客人京に到着せず、延暦寺の宿坊にも問い合わせたが、名古屋から書状は貰《もろ》うておるが姿を見せられぬ、という返書があったと知らせてきました。坂崎様方はどちらに行かれたのでございましょう」

茫然自失《ぼうぜんじしつ》の体で三郎清定が馬飼籐八郎に尋ね返した。

「待て、待たれよ」

馬飼は武芸者に立ち戻り、心を平静に保つと、磐音の心の動きを読み取ろうとした。

「馬飼様、坂崎様方は田沼一派の手に落ちたのでございましょうか」

と問う三郎清定に首を横に振った馬飼が、

「坂崎どのは天下一の剣を持ちながら、慎重の上にも慎重に行動なさるお方だ。また尾張藩や尾州茶屋中島家の立場も熟慮なされておられよう。一方、老中田沼意次様の権勢はわれらが想像する以上に強力ゆえ、尾張の庇護やこちらの助力を受けると装いながら、その実、遠慮なされたのではないか」

「そのような遠慮は無用ですぞ、馬飼様」

「それがしに言ったところでどうなるものでもない。われらが敬愛する坂崎磐音どのはそのようなお方なのだ」

馬飼の言葉に落ち着きを取り戻した三郎清定が、

「馬飼様、坂崎様方はどちらに行かれたのでございますな」

と反対に問うた。

「それは知らぬ。じゃが、大番頭どの、尾張を去ると覚悟なされた坂崎どのを殿が城中にお呼びになり、対面をなされたという噂がござるな」

「私も小耳に挟《はさ》みました。ですが、坂崎様はなにも言われませんでした」

さすがに三郎清定も馬飼にこう答えるしかなかった。

「言われまいな。それだけ殿との話が内密であったということだ。坂崎どのと尾張は、どこに行かれようと繋《つな》がっておるとみた」

「私どもとの繋がりを捨てられたわけではないと言われますか」

「この行動は、われらとの親交がさらに深くなったことの証《あかし》と考えられぬか。考えてもみよ、坂崎どの方の一番の心配は、おこん様の無事の出産であろう。坂崎どの方はなんとしてもどこぞに隠れ潜んで、やや子を産み、その後、田沼意次一派へ反撃する機をと考えておられるのだ」

「でございますから、京の本家をご紹介申し上げたのでございますよ」

「大番頭どの、尾張でこの店に世話になったのだ。次に隠れ潜む先は京の本家と田沼一派も目をつけよう」

「そうでもございましょうが」

と三郎清定は、磐音一行が京の本家を避けたことに、

（未だ尾州茶屋中島家を信用しておられなかったか）

といささか寂しさを感じていた。

「大番頭どの、必ずや坂崎どの方から連絡《つなぎ》が入る、案じられるな」

と馬飼籐八郎は言い切った。


四国遍路道の中でも土佐領内は札所間《ふだしょ》が長く、毎日長い道程《みちのり》歩かねばならないので、歩きの道場とか修行の道場と呼ばれる。

松平辰平は、二日ほど滞在した豊後関前の風浦湊から二百五十石の藩御用船に乗り込み、大勢の友に別れを告げて、豊後水道を横切り、第三十九番札所赤亀山《しゃっきざん》延光寺《えんこうじ》のある土佐の宿毛に到着した。

この日は宿毛に泊まり、修行の道場を阿波《あわ》の第一番札所に向かう、

「逆打ち」

で進んでいた。その夕暮れ前には四万十《しまんと》川の清流を渡し船で渡り、土佐中村城下が秋景色の中に映じてきた。

遍路道を一歩ずつ重富利次郎のいる高知に近づくごとに、辰平の気持ちは強くなっていた。なんとしても利次郎を説得し、尾張名古屋に逗留中の磐音一行に合流する、という一念だった。

その説得の理由として、坂崎正睦や照埜の書状を見せる決心をしていた。

利次郎とて磐音とおこんに会いたい気持ちは強かろう。なにより、二人には霧子が同道しているのだ。利次郎がこの機会を逃すはずもないと辰平は考え、ぐいぐいと巡礼道を逆行していった。

野辺道で数多くのお遍路に出会い、合掌して互いの旅を祈り合った。

中村城下に到着した辰平は、お遍路が宿坊に泊まるのを横目に、さらに進むことにした。むろん初めての四国遍路道だが、なにが出ても、

「これ、修行」

と考えて先に進んだ。

だが、秋の陽は釣瓶《つるべ》落としの喩《たと》え、下田《しもた》ノ口《くち》という集落で日が没した。

坂崎家では、辰平の旅仕度一式から夜旅用の提灯まで新しく用意してくれた。

また、辰平の差料を手入れするために研ぎ師を屋敷に呼び、研いでもくれた。

集落で提灯に灯りを入れて夜道を進んだ。

明け方、辰平は佐賀という宿場に到着して、提灯の灯りを吹き消した。

近くの百姓家から老婆が姿を見せ、辰平を見てぎょっとした。

「お婆《ばば》どの、驚かせてすまぬ。高知城下の友を訪ねる道中、心が逸《はや》って夜旅をしてきたところじゃ」

と辰平は詫びた。

「高知か。ここからな、とっと先じゃ。二十五里はある。いくら夜旅してもすぐには着かれん」

「二十五里か。二日の道のりじゃな」

「馬鹿言うがじゃ。お遍路道はお大師様の修行道ぜよ。急ぐに妙なし、ゆるゆると弘法大師様の慈悲を嚙《か》みしめて道を行くのが作法ぜよ」

「友に会いたい気持ちより、お大師様の慈悲が先か」

「当たり前だ。おんしゃ、この界隈の者ではあるまい」

「江戸から武者修行に参った。豊後関前に知り合いがおるのでな、立ち寄ったところだ」

「なんだ、若様の剣術修行かや。道理でおっとりしておるわ」

と応じたお婆が、

「家の裏に小川が流れておるだよ。汗を流してこい。朝餉をはずむぜよ」

と命じた。

「お婆どの、朝餉を馳走してくれると言われるか」

「馳走ではない、接待じゃぞ」

とお婆に言われた辰平は慌てて合掌した。

重富利次郎の高知滞在は、十月《とつき》を超え、やがて一年が巡ってくる。利次郎は分家の御槍《おやり》奉行の重富為次郎《ためじろう》邸に居候を決め込み、従兄弟《いとこ》の寛二郎《かんじろう》とともに土佐藩教授館剣道場に通い、麻田勘次忠好《あさだかんじただよし》のもとで修行に明け暮れていた。

江戸が恋しいと思うときもあった。

だが、この年の春に江戸藩邸からもたらされた家基の急死と、尚武館佐々木道場の指導者佐々木玲圓とおえいの自決、そして、尚武館のお取り潰しの知らせは、利次郎を驚愕《きょうがく》させた。

磐音若先生とおこんさんはどうしておられるか。このときほど江戸への帰心が募ったことはない。

だが、叔父《おじ》の為次郎や従兄弟の真太郎《しんたろう》らは、

「利次郎、ここはひたすら我慢の時だ、動いてはならぬ」

「父上が言われるとおり、江戸が落ち着くのを待つのだ。若先生も、そなたらが右往左往するのを見たくはあるまいからな」

と戒めた。

利次郎はひたすら藩道場で麻田勘次の教える一刀流や、無外《むがい》流、真心影《しんしんかげ》流を学び、秋《とき》がくるのを待っていた。

磐音が尾張名古屋からよこした書状は利次郎を狂喜乱舞させた。

(磐音若先生が尾張におられる)

それを考えただけでわくわくした。その上、磐音の旅に弥助と霧子が同道しているという。

(霧子まで一緒か)

利次郎は、磐音らに対面する日が訪れることを信じて修行に励んでいた。

この朝、南国高知に冬の予兆を思わせる寒気が訪れた。

利次郎が真心影流の美濃部与三郎《みのべよさぶろう》の指導を受けていると、

「利次郎、そなたの朋輩が訪ねてこられたぞ」

と年上の藩士が叫んで知らせた。その声を聞いた美濃部がすいっと木刀を引いて、

「本日はこれまで」

と宣告し、利次郎は一礼して指導を感謝した。

「利次郎、旅をしてこられた様子じゃな」

と言う美濃部の言葉に道場の入口を振り向くと、夜露を肩に止まらせた若武者が菅笠を小脇に立っていた。

たれだ、と利次郎は暗がりに立つ訪問者を確かめた。

「た、辰平、松平辰平ではないか。どうしてここにおる」

「利次郎、そなたに会いに来たのだ」

しばし無言だった利次郎の口が動いた。

「おおっ！」

叫び声が高知藩教授館剣道場に響き、辰平と利次郎が同時に走り寄って抱き合

うのを、門弟衆が茫然と見ていた。

四

松平辰平が高知を訪れて、あっという間に数日が過ぎた。

分家の重富家に身を置く二人の直心影流尚武館佐々木道場の門弟は、暇さえあれば互いの修行の経験を話し合って尽きることがなかった。

だが、二人は江戸で起こった大騒動の話題には触れようとせず、また教授館剣道場で互いに竹刀《しない》を構えて稽古をすることもなかった。

利次郎は辰平に高知の剣仲間を紹介して、

「稽古相手を務めてくれんか」

と願った。が、利次郎自ら辰平の前に立つことはなかった。そんな二人の様子を従兄弟の寛二郎らが興味津々に見ていた。だが、二人の身を襲った激変を考えて、あれこれ口を挟むことはなかった。

辰平が高知に到着して四日目の朝、道場に立った辰平と利次郎は、阿吽《あうん》の呼吸で互いを稽古相手に選んでいた。

「利次郎、願おう」

「辰平、受けた」

その様子を教授陣や門弟たちが静かに見守っていた。

その昔、神保小路の佐々木道場には名物があった。でぶ軍鶏《しやも》こと重富利次郎と痩せ軍鶏こと松平辰平の打ち込み稽古だ。

目まぐるしくも騒がしく動き回り、威嚇《いかく》の声を出し合って叩き合うところから、二人の稽古は、

「軍鶏の喧嘩《けんか》」

と呼ばれた。

だが、尚武館の運命を旅先で受け止めた二人の若武者は、その苦難を独り受け止めるだけの心を持ち、存分な稽古で培われ絞り込まれた肉体の持ち主に変わっていた。

その二人が静かに、竹刀を正眼に構えた。

竹刀の切っ先が交わるほどの間合いで互いの眼を見合った。

(辰平、よう高知に来たな)

(会いたかったぞ、利次郎)

と無言の会話を交わした二人は同時に踏み込み、竹刀を出し合った。魂が籠《こも》った竹刀がぶつかり合った一合目の瞬間、剣道場に、
ばしり
と重い竹刀の音が響き、緊迫感が漂った。

麻田勘次以下、門弟衆も、二人のぴりりとした緊張を漂わせる、一撃ごとに炎を噴き上げるような攻防を見詰めた。

一進一退ながら、いささかも弛緩のみられない時間が流れ、互いに持てる力を出し切って攻め、守った。

四半刻（三十分）も過ぎた頃か、互いがすいっと後退して竹刀を下ろし、一礼した。

しばらく道場は静寂を保っていたが、麻田勘次が、

「松平辰平どの、佐々木磐音師の教えを守り、よう修行なされたな」

とまず辰平に声をかけた。

辰平はその場で床に座し、麻田らに深々と一礼した。

「利次郎、そなたもよう受けた。麻田勘次、そなたが当地で修行したことが無駄ではなかったと、いささか自慢に思うたところだ」

はっ、と畏まった利次郎が、

「麻田先生をはじめ、ご一統様のお蔭にございます」

利次郎がこちらも平伏した。

「懐かしいな」

と美濃部与三郎が感に堪《た》えない言葉を洩らした。

「無心に剣修行をした者の動きは清々《すがすが》しいわ。それがしにもかような時代があったはずじゃが、齢《よわい》を経た分、小器用に相手の動きを読んで打ち合いをしておるわ」

と言葉を付け足した。

「皆も見たな。この二人が修行した直心影流尚武館佐々木道場は、もはやこの世にない。なぜ江戸で、いや、天下に知られた尚武館佐々木道場が取り潰しに遭わねばならなかったのか、真《まこと》の理由は知らぬ。推測がつくことは、佐々木玲圓先生のご意志に関わりなく、政《まつりごと》が一道場を、武芸者の志を潰したということよ。二人の稽古には帰るべき尚武館道場のない哀しみが込められており、美濃部先生が言われたように無心の攻防であったわ。技量に未だ足りぬところがあるのは、修行時代の者なれば致し方なきこと。だが純真無垢《むく》に修行と向き合う心を、二人から教えられた。尚武館の魂は若い面々に受け継がれておるわ」

麻田が晴れ晴れと言い、辰平と利次郎は、道場の床板に額を擦《こす》り付けることでしかその言葉に応じることはできなかった。

この日の道場の帰り道、利次郎は辰平を桂浜《かつらはま》に案内した。

二人は秋の陽射しが散る下で、浦戸《うらと》の内海を抱え込む龍頭岬《りゅうず》と龍王岬《りゅうおう》の向こうに大海原を望遠した。そして、桂浜に押し寄せる豪快な白波を飽くことなく見詰めていた。

「利次郎、麻田先生の言われた言葉、心に刻んでいような」

「たれが忘れるものか。われらには帰るべき道場がないということを、改めて先生の言葉に教えられたぞ」

「神保小路の尚武館がなくなるなど、たれが考えた」

「だが、なくなったことは確かなことだ」

「ああ、われらには戻るべき地はない。だが大先生の志は若先生の胸の中に残っておる、受け継がれておる」

「いかにも、佐々木姓を坂崎姓に戻された磐音先生が受け継がれた」

辰平は利次郎の返答に頷き、しばらく沈黙した。

「辰平、そなた、なんぞ考えがあって高知に来たのではないか。豊後関前藩に立ち寄ってきたのではないのか」

「いかにもさよう」

と辰平が応じた。

「申せ。われらは心を許し合うた友じゃぞ」

「利次郎、尾張に参らぬか。磐音先生方に合流せぬか」

「徒党を組んで田沼一派に抗《あらが》おうというのか」

「そのようなことは考えてもおらぬ。おれは磐音若先生とおこん様の助けになることをなしたいだけだ」

「おれもそう思う」

「ならば高知を離れぬか」

利次郎は辰平の横顔に視線を向け、まあ、座れ、と言うと腰から剣を抜き、自ら黒い砂浜に腰を下ろした。辰平はそのような利次郎を見て小さな息を吐くと、かたわらに座した。

「おれも磐音先生に会いたい。おこん様の顔が見たい」

「霧子にも会いたかろう」

「おお、霧子にも会いたい。積もる話がしたい」

「ならば」

「まあ、待て。そなたのところにも磐音先生の書状は届いておろう。どのようなことが書かれていたか知らぬが、おれのところにきた書状と内容はおよそ同じであろう。読み終えたとき、尾張に飛んでいこうかと何度も思った。だが、それは磐音先生の真の心にそぐわないと迷い、踏みとどまった」

「おれは筑前福岡で決断した」

「辰平、従兄弟や叔父御、麻田先生らの意見を承った。たれもが、今は動く時ではない。必ずや到来する時節を待てと言われた」

「そなた、いつまで待つ気か」

「若先生が書状を送り届けられたのは、そなたとおれのところだけだと思わぬか。江戸の知り合いに連絡をとれば、必ずや田沼一派の知るところになるからな。そなたとおれは江戸を離れて、修行の身だ。田沼一派の眼も届かぬ。第一われら若造のことなど歯牙《しが》にもかけておるまい。ゆえに磐音先生も書状をくだされた」

利次郎の言葉に辰平は頷いた。

「書状には軽挙妄動を慎め、いつか必ずわれらの力を借りる時がくると、言葉にはしてなかったが、そう記されていると思わぬか」

利次郎の言葉を聞いて、辰平は長いこと沈思した。眼差《まなざ》しは大海原から押し寄せる荒波に注がれていた。

「いつだ、その時は」

「分からぬ」

「いつまで待てばよい」

「焦るな、辰平。おれは、意外に近い将来、なにかが起こるような気がする。おれは磐音先生からその知らせが届くまで待つと決めた」

そうか、と辰平は呟いた。得心した声ではなかった。

「そなた、どうする気か」

「尾張に行く」

「やはりそうか」

「止めるな」

「止めるものか。だが、一つだけ頼みがある」

「なんだ」

「最前の稽古、どう思うた」

「正直、利次郎がこれほど腕を上げているとは想像もしなかった」

「おれもそう思うがや」

利次郎が高知訛《なま》りで応じた。

「辰平、明朝から一番最初にそなたと稽古をする。二番続けておれを打ち負かせ。さすればなにも言わず、おれはそなたに従う」

「利次郎に二番続けて勝てばよいのだな」

「そういうことだ。おれに勝たねば、いつまでもわれらの高知滞在は続くことになる」

しばし考えた辰平が、よし、と答えると尻《しり》の砂を払いながら立ち上がった。

翌早朝、土佐藩教授館剣道場に、竹刀が激しくもぶつかり合う音が響いた。

若武者重富利次郎と松平辰平が持てる力と技を駆使して、相手をねじ伏せ、その攻めを跳ね返そうとする試合だった。

いつしかこの朝の立ち合いは門弟衆の間に知れわたり、その刻限にわざわざ見物に来る者たちも増えた。

だが、なぜ利次郎と辰平が熱の籠った試合を毎朝繰り返すのか、その真実を知る者はなかった。

いつしか、この二人の立ち合いは、

「まるで闘犬の噛み合いぜよ」

「いいんや、闘犬どころじゃなか。激しゅうて爽快《そうかい》じゃ」

と教授館の名物になった。

この日、辰平が筑前福岡で覚えた切り落としで一本を取ったが、二本目は許さじと利次郎が引き際の面打ちで辰平の先行を帳消しにした。

一進一退の攻防が続き、そんな日々が四日、五日と過ぎ去っていった。

七日目の朝、悲壮な覚悟の辰平と向き合い、利次郎は迷いを生じさせていた。

（磐音先生のもとに向かうことがなぜ悪い）

霧子と再会できるのだぞ、誘惑の声が胸の中で響いた。

そのような利次郎の心の隙《すき》をついて辰平が小手から胴へと素早い連続攻撃を見せ、一本を先行した。

二本目、利次郎は正眼に構えをとると、ゆったりと辰平の顔を見た。辰平の表情には、

「尾張に行きたい一心」

が溢れていた。

「利次郎、参るぞ」

「おおっ」

と応じ合った二人が同時に踏み込み、これまでにない激しい攻防が七合、八合と続いた。辰平は必死で攻め、利次郎は粘り強く攻めを撥《は》ね返し、反撃の機を窺《うかが》った。

竹刀と竹刀が絡み合い、二人の動きが一瞬止まり、次の瞬間、利次郎が押し返して小手を狙うところを、辰平が引き際の面を鮮やかに決めて二本を連取した。

すいっ
と竹刀を引いた利次郎が、

「見事であった、辰平」

と負けを潔く認めた。

「利次郎、そなた」

となにかを言いかけた辰平が、途中でその言葉を呑《の》み込んだ。辰平は利次郎が心に迷いを生じさせたことを承知していた。それが勝負の行方を決めたのだ。

二人は剣道場の帰路、無言を通し、追手門筋の武家地で椿《つばき》屋敷と呼ばれる御槍奉行重富為次郎邸の門前まで戻ってきた。

「利次郎」

「言うな。明早朝、われらは高知を出る」

「それでよいのか」

「若先生とおこん様のもとに合流いたす」

「分家には断っていくか」

「そうなれば引きとめられよう。置文《おきぶみ》を残す」

分かった、と辰平が答えたとき、門内で人影が動いた。二人が振り向くと、分家の末娘のお桂《けい》だった。

「辰平様、利次郎様、お帰りなされませ」

「ただ今戻った。お桂が出迎えとは珍しいな」

「ときにはお客人扱いせぬと、高知の女は情が強いと言われそうです」

「おや、お桂さんはそのようなことを考えられるのか」

「年頃の娘です、あれこれと殿方のことを考えます」

と笑みを浮かべつつお桂が辰平に応じた。

「おかしいぞ」

利次郎がお桂を睨み、

「なんぞ魂胆があるな、お桂」

と問うた。

「書状にございます」

「なに、若先生からか」

と利次郎が叫んだ。

「いえ、辰平様に、筑前博多のお杏《きょう》様からの書状にございます」

「お杏様とな」

辰平が慌ててお桂に手を差し伸べた。

「お杏様とはどなたにございますか」

「若先生もおこん様も承知の、博多の豪商箱崎屋《はこざきや》の娘御にござる」

と答える辰平に、

「そなた、その娘に高知の分家を教えたか」

「迷惑であったか、利次郎」

と辰平が困った顔をした。

「利次郎様、知らなかったの」

「知るものか。辰平は修行一筋に頑張っておると思うていたが、辰平を追いかけて書状を出すような娘御と知り合うていたとはな」

と三人が言い合った。

「言うな、利次郎」

と叫び返した辰平が、

「お桂どの、頂戴したい」

と頭を下げて願った。

「辰平様のかわいらしいこと」

「お桂、大人をからかうものではない。早う辰平に書状を渡してやれ」

利次郎が命じて、お桂が筑前博多からの書状を辰平に差し出した。

「辰平、封を披け。われらに遠慮は要らぬ」

利次郎が嗾《けしか》けたが、

「よい。後ほど読ませてもらう」

と大事そうに懐に仕舞い込んだ。

「ふうっ」

　と息を吐いた利次郎が、

「われにはどこからも書状は届かずか」

「あら、利次郎様に、どなたか娘御から書状が届くあてがございますので」

「お桂、この利次郎様には、箒で掃いて捨てるほどあちらこちらに女がおるでな、辰平のように一人の娘に行き先を教えるような面倒はせぬのだ」

「うるさい」

「霧子様ではないけれど、利次郎様にも書状が届いているわ」

　お桂が背の帯の間に隠し持っていた書状を利次郎に差し出した。

「なに、書状があるならあると先に申せ」

　利次郎がお桂から書状を奪い取った。

「そんな乱暴をして。折角少しでも早く渡して差し上げようと門で待っていたのに」

　と怒るふりをしたお桂が椿屋敷に戻っていった。

「その字は若先生からじゃな」

「おお、間違いないぞ、辰平」

利次郎が差出人を確かめたが、近江瀬田と差出地が書かれているばかりで、差出人の名など一切記してなかった。

「利次郎、若先生方は尾張名古屋を出られたのか」

「どうやらそうらしいな」

二人は長屋門に入ると、門番所の前に置かれた縁台に腰を下ろし、磐音からの書状を奉じて高知を出る前に届いた幸運に感謝した。

「披くぞ」

「披いてくれ」

利次郎が辰平に頷き返すと、旅の空の下で走り書きされたふうの書状を披き、二人は文面を速読していった。磐音からの文面には尾張を出ねばならなかった理由と、霧子の案内で向かう裏高野《うらこうや》の隠れ里でおこんのお産を済ませたい旨が認められてあった。二度三度と読み返した利次郎と辰平は、顔を見合わせた。

「尾張も匿いきれなかったか」

「田沼様が何度も刺客を送ってこられるようではな」

「間に合うた」

利次郎が呟いた。

「利次郎、すまなんだ」

立ち上がった辰平が利次郎に頭を下げた。

「どうした。なんの真似だ」

「そなたが高知に引きとめてくれなければ、若先生の書状を読むことはできなかった。それがし、いささか焦っておった。このとおり詫びる」

と辰平が頭を何度も下げた。それに頷き返した利次郎が、

「辰平、行き先が決まったな」

「ああ、紀伊に潜入するか」

「阿波に出て紀伊水道を船で渡れば、紀州はすぐじゃ。裏高野の隠れ里をなんとしても見つけるぞ」

二人の若者は明日からの旅に思いを馳《は》せて大きく頷き合った。

第四章　空の道一ノ口

一

両国東広小路の水垢離《みずごり》場で三人の男たちが大騒ぎしながら、かたちばかり身を浄《きよ》めて真新しい白衣に着替え、両国橋を渡ると東海道を品川宿へと向かった。

晩秋の未明の刻限だ。

おこんの無事の出産を願って雨降山《うこうさん》大山寺に安産祈願に向かうどてらの金兵衛《きんべえ》と、それに同行する武左衛門《ぶざえもん》と幸吉《こうきち》の三人だ。

「結構水が冷たいではないか。金玉まで縮み上がったぞ。これからの道中が思いやられるわ」

と傍若無人の声が夜明け前の両国橋に響いた。

「さんげさんげ、六根罪障」

　と二度唱えた金兵衛が、

「武左衛門さん、そなたは押しかけだ。おやめになるなら今ですよ」

　とにべもなく言い放った。

「金兵衛どの、それはあるまい。わしはそなたの歳を思えばこそ、こうして無償の同道を申し出た親切者だぞ」

「竹村《たけむら》の旦那に魂胆があることくらい、この金兵衛は見抜いておりますよ。それもこれも、うちの婿《むこ》どのとの付き合いを思えばこそ私は許したのです。道中うだうだ言うようなら、いつでも江戸に戻ってもらいますからね」

「そう言うな、金兵衛どの」

　と武左衛門が機嫌をとるような猫撫《ねこな》で声を出した。

「そうだよ。これはおこんさんの安産祈願、信心の道中なんだからね。酒が欲しいだの女郎をなんとかしろだなんて、一切なしだからね」

　と幸吉も釘《くぎ》を刺した。その幸吉の背には、

「大山石尊大権現」

　と書かれた、真新しい木太刀《きだち》が負われていた。

「わ、分かっておる」

「うちの親方が、金兵衛さんの独り旅を案じてこの幸吉に付き合えと命じられたのを、どこでどう聞きつけたか、自分から売り込んだ大山行だぜ。おれが承知したのは、宮戸《みやと》川《がわ》に奉公し始めた娘の早苗《さなえ》さんの立場を思い、恥を掻かせないためだからね。本所を離れたら旅の空と思って、悪い遊びを考えても無駄、そういうことは一切なし。今から言っておくよ」

「幸吉、そう繰り返さんでもよかろう。そなたもそろそろあそこに毛が生え揃《そろ》うた歳であろう。男の気持ちはそれ、阿吽の呼吸で分かっておろうな」

「そういうことは一切聞き入れません」

幸吉がぴしゃりと武左衛門に言い切るのへ、金兵衛が、

「いっひっひ」

と笑い、

「どちらが大人か子供か分かりゃしないや」

と呆れた。

「金兵衛さん、おれはもう十八だよ。武家ならとっくに元服して一人前のお侍だ。子供扱いも、武左衛門さんと一緒の扱いもよしてくんな」

幸吉が言い切り、両国橋を渡りきった。

「おれが先に行って、今津屋さんの木太刀を受け取ってくるからね」

幸吉は二人に言い残すと、米沢町角に分銅《ふんどう》看板を掲げる両替商今津屋に軽やかに駆け出していった。

今津屋の店先では老分番頭の由蔵が、いささか古びた木太刀を奉じて待ち受けていた。

「ご苦労ですね、幸吉さん」

「金兵衛さんも歳だ、独りでは行かせられないよ」

「鉄五郎《てつごろう》親方の気遣いに感謝していますよ。本来なら、うちから人をひとり出すべきところです」

由蔵は言うと、お願い申しますよと納めの木太刀を差し出した。

今津屋では先妻のお艶《えん》が死期を悟ったとき、大山参りを望んだ。

その折り、吉右衛門とお艶夫婦に磐音やおこんが同道したことがあった。

お艶は念願だった大山寺に参った後、身罷った。それを看取《みと》った吉右衛門は習わしに従い、他人が納めた木太刀を持ち帰った。

いつの日か、お艶の供養を兼ねて雨降山に登ろうと考えてきたが、周りの勧めで後添いのお佐紀を娶《めと》ったこともあり、大山参りに出かける機会を失していた。

そこで金兵衛の大山行に幸吉が同道することを知った由蔵が、吉右衛門とお佐紀に許しを乞《こ》い、木太刀を納めに持っていってもらうことにしたのだ。

「老分さん、確かに預かりましたよ」

幸吉が、金兵衛の納めの木太刀と古木太刀を一緒に白布で括り、背に負った。

「お願い申します」

と願った由蔵が、

「幸吉さん、ここに二つの紙包みを用意してございます。一つは雨降山大山寺不動尊に寄進する金子、もう一つは金兵衛さんとそなたの路銀の足しにしてくだされ」

幸吉の手に握らせた。

「老分さん、路銀は親方から頂戴してきたし、金兵衛さんも十分に仕度したそうだ。こちらは返しますよ」

「今津屋の主《あるじ》夫婦の気持ちを無にせんでくだされ。二人でな、精進落《しょうじんお》としのお代にしてくだされ」

由蔵が幸吉の手にそっと押し戻した。

「大山参りは夏の間の神信心であろう。かような時節に大山参りをしようとは、苦労を買いに行くようなものではないか、金兵衛どの」

と胴間声《どうまごえ》が響き、

「おや、金兵衛さんにたれぞ付き添うておられるようだ」

と訝しげな声を上げた。

「厄介なことに、押しかけが一人いるんだよ」

「あの歩きぶりは竹村武左衛門さんですか。金兵衛さんも幸吉さんも、えらいお方を背負《しょ》い込みましたな」

「おお、老分どの、久しぶりじゃな。尚武館の若先生からなんぞ連絡はないか」

と大声で訊いた。

「あるわけもございませんよ。私どもは、どちらに行かれたかさえ承知してないんですからね」

由蔵が田沼一派の監視の目を意識して応じた。

幸吉は幸吉で、武左衛門の目敏《めざと》いことを考えて、由蔵から預かった包みをそっと懐に仕舞い込んだ。

「金兵衛さん、ご苦労に存じます」

「お艶様の供養も、大山寺で執り行ってもらいますからな」

「金兵衛さん、お願い申します」

と頭を下げた由蔵に別れを告げた三人は、まずは日本橋に向かった。

「それがし、昔から大山参りには縁がなかった。こたび、図らずも金兵衛どのの要請で同道することになり、光栄至極に思うておる」

「武左衛門さん、小者《こもの》の身でその言葉遣いはやめてくんな。たれがどのように誤解するかしれないよ」

「たれが誤解するとな、幸吉」

「その大きな声はなしだ。いいかい、今津屋の周りには田沼様の眼が光っていないとも限らないんだ。そこへ奇妙な三人がよ、大山参りの形《なり》をして、今津屋に立ち寄ったんだ。その一人は、いつまでも未練たらしく武家言葉にこだわる大男ときた。たれがみてもおかしいよ」

「おお、われらを尚武館の残党と勘違いする輩《やから》がおるか」

「そういうこと」

「剣呑なことはなしにしてもらいたい」

「中間《ちゆうげん》小者の口調じゃないよ」

「それがし、もといい、おれは、ただの武左衛門だあ。くれぐれも、どなた様も誤解をせんでくれよ」

と武左衛門が辺りを見回して呼びかけ、

「金兵衛さん、武左衛門さんが一度でも厄介を起こしたら、江戸に戻そうね」

「幸吉、私も考えておったところです」

「そのような話はやめてくれ。それがし、いや、おれは懐に一文だって銭を持っておらぬのだ。道中でおっぽり出されてはかなわぬ。最後まで同道させてくれ」

「だからさ、面倒さえかけなければ最後まで一緒だよ」

幸吉と武左衛門が言い合いながら米沢町筋を日本橋に向かう様子を、遊び人風の男が密かに尾行していたが、三人は気づかなかった。


重富利次郎と松平辰平は、摂津大坂の蔵屋敷に向かう土佐高知藩の御用船に同乗して、紀伊と摂津の国境を流れる紀ノ川河口沖の紀伊水門《みなと》に到着した。御用船から伝馬船が下ろされ、二人の若武者は紀州和歌山城下に上陸した。

「辰平、これからが二人だけの道中だ。気をつけて参ろうぞ」

「いかにもさよう。それにしても分家には世話になった」

利次郎と辰平が密かに高知城下を抜ける算段をしていると、分家の当主の為次郎に呼ばれた。その場には嫡男の真太郎と次男の寛二郎が同席していた。

「叔父御《おじご》、お呼びにございますか」

「利次郎、長いこと世話になった分家に挨拶もなく立ち去るつもりか」

為次郎が苦虫を嚙み潰したような顔で言った。

「はっ、いえ。そのようなことは」

動揺する利次郎に為次郎が、

「考えておらぬと申すか、馬鹿者が」

「これはまたきついお叱りで。お桂が言いつけおったか」

「お桂が言わんでもそなたらの考え、お見通しである」

「はっ」

「利次郎、なにをなす気か申してみよ」

と言う為次郎に辰平が、

「重富様、それがしが利次郎を唆《そそのか》したことにございます。すべてはそれがしに責《せ》任《め》がございます。お許しください」

「黙らっしゃい。武家には武家の礼儀がござる。世話になった家を去るとき、なぜ当家に挨拶して堂々と出ていかぬ」

「叔父御、藩や分家に迷惑をかけたくなかったのです」

「老中田沼意次様の眼を考えてのことというか。田沼様の密偵、一人たりとも城下には入れぬ。そのくらいの警備を当藩では普段から心がけておる。なにより田沼様にとってそなたらは小者すぎるわ。たれが監視するものか」

「そうでございましょうか」

「利次郎、田沼の監視がついておると自惚《うぬぼ》れておるか」

「用心には用心を重ねてと思いまして」

「愚か者が。用心をなすべきは和歌山城下に渡ってからだ」

「おや、叔父御はどうしてわれらが紀伊に参ると承知しておられるので」

「やはりそうか。利次郎にどうやら尚武館佐々木道場の後継どのから書状が届き、そのほうら二人が書状を読んでは紀伊水道がどうの、裏高野がどうのと言い合うのを、うちの奉公人が小耳に挟んだことにさえ気づかなかったか。迂闊者《うかつもの》めが」

と為次郎に叱られた二人はその場に平伏して畏まった。

「事情を告げよ。手助けせぬでもない」

と為次郎に言われ、真太郎にも、

「利次郎、われらは親戚ぞ。心を開いてもよかろうが」

と諭《さと》された利次郎と辰平は顔を見合わせ、すべて正直に告げることにした。

利次郎と辰平の計画を聞いた為次郎が、

「そなたらの気持ちはよう分かった。ご苦労をなさる坂崎磐音どのとお内儀どのの役に立ちたいという決心、褒めて遣わす」

「叔父御、分家に挨拶なしで立ち去ろうとした浅慮、お詫び申します」

利次郎が改めて頭を下げ、辰平も倣《なら》った。

「さてと、尚武館佐々木道場の門弟であったそなたらの紀伊和歌山潜入は、いささか注意が要るな。そなたらのせいで、尚武館の後継どのと嫁どのに迷惑がかかってはならぬでな」

「父上、明日にも御用船が摂津の蔵屋敷に向け出帆します。あの船に二人を同乗させられませぬか」

嫡男の真太郎が知恵を出した。

「わしも考えておった。それよりこの二人をわが家の倅になりすまさせて、和歌山城下入りさせるほうがよかろう。空海様の威徳を偲《しの》び、高知から高野山詣《もう》でをする家臣は多いでな」

「辰平どのがそれがし、利次郎が寛二郎ですか。早速、町奉行支配下の友に話し、高野山詣での道中手形を作ってもらいます」

「それがよい。わしは二人が御用船に同乗する許しを得てこよう」

その日のうちに、松平辰平は重富真太郎、利次郎は重富寛二郎の道中手形を得て、翌朝、浦戸の内海から出船する御用船に同乗して高知をあとにした。

土佐の内海を横切り、室戸《むろと》岬を回った御用船は順調に航海を続け、宍喰《ししくい》海岸を見ながら紀伊水道の入口、伊島の入り江で一泊した。

翌日、紀伊水道に入った御用船は、行く手に淡路島の島影を見ながら、紀ノ川河口沖の紀伊水門に停船したのだった。

伝馬船を紀伊水門の船着場で下りた二人が、紀ノ川左岸沿いの土手を上流へと歩き始めた途端、紀州藩町奉行所の見回りに誰何《すいか》された。

「そなたら、ただ今船を下りられたな」

「いかにもさようにございます」

と分家の弟寛二郎に扮《ふん》した利次郎が応じた。

「どちらのご家臣か」

「土佐山内家御槍奉行重富為次郎が嫡男真太郎と、弟寛二郎にござる」

利次郎が答え、辰平が油紙に包んだ高野山詣でのために出された道中手形を提示した。

「おおっ、山内家のご家中の方々か。高野山詣でとは奇特なこと。奥之院御廟《ごびよう》に入定《にゆうじよう》なされた弘法大師空海様は今も生きておられるでな、その徳に接せられるのは武家にとって得難い経験にござろう。気をつけて参られよ」

と道中手形を辰平に返しながら、不意に尋ねた。

「そなた方、和歌山城下を見物して行かれぬのか」

「われら、まず高野山に詣でた後、じっくりと御三家和歌山の御城下を見物する予定にござる」

「ご尊藩と異なり、紀三井寺《きみいでら》、和歌山城、東照宮、城下など、見どころがあれこれとあるでな、心して見物なされよ」

「ご忠言忝《かたじけな》い」

見回り役人と別れた辰平と利次郎は、和歌山城下から奈良明日香《あすか》に向かう大和街道を辿り、早々に城下を離れた。

「なにがご尊藩と異なり、だ。慇懃《いんぎん》無礼な役人であったな」

「捨ておけ。小役人はいずこも威張りたがるものよ」

と辰平が応じて、紀ノ川沿いに並行して走る大和街道を進んだ。

イエズス会宣教師ルイス・フロイスは、故国ポルトガルに書き送った報告書を纏《まと》めた『日本史』の中に、

〈紀伊国には四つか五つの宗教団体があり、それぞれが大いなる共和国的存在である〉

と記していた。

フロイスの言う共和国とは、

「高野、粉河《こかわ》、根来《ねごろ》、雑賀」

であり、五つ目は熊野と考えられた。

「辰平、霧子が案内するという隠れ里じゃが、すぐに見つかると思うか。若先生はただ裏高野の隠れ里に潜み、おこん様のお産を無事済ませたいとしか記しておられぬで、そう容易くは見つかるまい」

「おれは霧子が大きな意味を持っていると考えておる」

「どういうことか」

「その昔、紀伊には根来衆と呼ばれる、鉄砲で武装した僧兵集団と、やはり強大な軍事力を持った雑賀衆が覇《は》を競い合っていたそうな。何百年も昔のことよ」

「それが霧子とどう関わりがある」

「利次郎、しっかりせぬか。霧子は雑賀衆の流れを引く下忍《しのび》の一員でなかったか」

「おおっ、忘れておった。だが、その昔、この紀伊に勢力を競った雑賀衆と下忍集団雑賀衆は一緒のものか」

「二つの雑賀衆の間には、何百年もの歳月が横たわっておるぞ。直系ではあるまい。なぜなら信長様に抗した雑賀衆は、天正《てんしょう》五年（一五七七）に組織としての軍事力を失い、降伏したそうだからな」

「詳しいな」

「そなたが叔父御と役所に出かけた折り、真太郎どのが土佐藩家臣のそれがしに化けるのなら、せめて紀伊の成り立ちなりを知っておくべきですと、俄《にわ》か勉強を授けてくれたのだ」

「なんだ、そういうことか」

「組織としての雑賀衆は二百年も前に消えた。だが、霧子が育った雑賀衆は奥深い山に生き残り、下忍の技をあちらこちらに切り売りして生きてきたと思わぬか。裏高野の隠れ里は雑賀衆の残党と関わりがあるのかどうか、霧子は少なくともこの里を安全と見極めたがゆえに、紀伊国の山奥に若先生とおこん様を導いておるのだ」

「となると、雑賀衆の里を見つければよいのだな」

「だが、道標《みちしるべ》などどこにもなかろう」

「里人に訊いても知らぬか」

「却《かえ》って怪しまれ、紀伊藩に通告されような」

「どうしたらよい」

「山に分け入るまで、一日はこの大和街道を進むことになる。それまでになんぞ知恵を絞ろうか」

よし、と利次郎が応じた。すると西に傾いた秋の陽射しが紀ノ川の流れに映り、血の色に染めた。

二

真言密教の聖地は、わが国の仏教の誕生の地ともいえた。

宝亀《ほうき》五年（七七四）、四国讃岐《さぬき》に生まれた空海は、延暦二十三年（八〇四）に唐に渡り、密教の奥義《おうぎ》を究めた後、大同《だいどう》元年（八〇六）に帰国した。その後、京を中心に修禅と布教活動をしていた空海は、嵯峨《さが》天皇に高野山の下賜《かし》を願い出て、許された。

空海にとって紀伊水道を渡った紀伊高野の山々は、青年時代より承知の地であった。

「内八葉外八葉《ないのはちようげのはちよう》」

と呼ばれる山並みは深く、猟師や杣人《そまびと》でさえ入り込めぬ山であった。だが、その実、標高はさほど高いというものでもない。海抜三千余尺の峰々が重畳《ちようじよう》して複雑に連なり、太古より人が入ることを拒んできた。ためにそれまで空海が経験をしたことのない静寂と神秘が支配していた。その当時、高野山一帯は太古からの原生林に覆われ、この地が、

「神々」

が宿る地であることを感じさせた。だが、橅《ぶな》などの落葉樹が広がる森は季節によって異なった景色を見せ、山中と思うと不意に開けた地が森の中に広がり、沢があるために水も豊かで動物たちも多く棲息《せいそく》していた。

勅許により高野の地を得た空海は、単に高野山と呼ばれていた峰々を、

「金剛峯寺《こんごうぶじ》」

と名付け、修禅の地と定めた。

空海は金剛峯寺でひたすら修行に努め、承和《じょうわ》二年（八三五）に入定した後、甥《おい》ともいわれる弟子の真然《しんぜん》が法灯を受け継ぐことになり、高野山中に伽藍《がらん》の整備を進めていく。

延喜《えんぎ》二十一年（九二一）、京の東寺《とうじ》の長者であった観賢《かんげん》が朝廷に働きかけ、空海に、

「弘法大師」

の諡号《しごう》が授けられた。これによって真言密教の教えが世に知られるようになり、弘法大師信仰が芽生えることになった。

その後、律令制が瓦解《がかい》し始めると国の支援が受けられなくなり、金剛峯寺の経営は急速に悪化した。また大塔に落雷があり、伽藍の中心部が炎上して寺領の大半を焼失したため高野山は荒れ果てた。

高野山復興のきっかけは、治安《じあん》三年（一〇二三）、御堂関白《みどうかんぱく》藤原道長の参詣《さんけい》といわれる。この道長の参詣を先例に、天皇家や摂政関白家が詣でるようになり、信仰の地として勢いを取り戻した。

復興の要因となったのは、高野山の奥之院の御廟で弘法大師が今も生き続けているという、

「入定信仰」の伝説であった。

この信仰は弥勒《みろく》信仰とも結びつき、釈迦が入滅して五十六億七千万年後に弥勒菩薩《ぼさつ》がこの世に現れるまで、弘法大師が衆生《しゅじょう》を救済し続けるという考えに発展して広まっていった。

天皇家や摂関家の弘法大師帰依《きえ》によって、金剛峯寺には多額の布施《ふせ》が集まり、荘園の寄進が続いて、高野山は復活した。

この復興の時代から数百年の歳月が過ぎ、高野山一帯は信仰の地としての荘厳なる静寂を取り戻していた。

一方、空海が入山した当時の神秘は薄れていた。だが、内八葉外八葉の一角には、未だ里人や修行僧も足を踏み入れぬ地が残されていた。

金剛峯寺から北に離れた尾根道に人の気配があった。ふだん獣しか通わぬ尾根道を、四人の男女が必死に進んでいた。

霧子を山案内にして裏高野の隠れ里を目指す坂崎磐音の一行だ。

おこんの疲労が激しく、杣《そま》小屋で五日ほど滞在を余儀なくされていた。なんとかおこんが小康を取り戻したので、再び尾根歩きを再開した。

「おこん、寒くはないか」

磐音が背に負《おぶ》ったおこんに声をかけた。

「私は元気にございます、ご心配なさいませぬよう」

おこんは答えたが、その声は元気を装ったもので、なんとか体調を回復させたと思ったら、昨日降った雨に打たれ、発熱していた。磐音たちが見ても明らかに体力を消耗させていた。

「水を飲むか」

「はい」

磐音とおこんの後ろに従う弥助が、

「おこん様」

と竹筒の栓を抜いて差し出した。

「ありがとう、霧子さん」

弥助を霧子と取り違えたおこんが、それでも竹筒の水を飲んだ。

「おこん様、もうすぐに隠れ里に着きます。しばしの辛抱にございます」

山案内人の霧子の声にも切迫したものがあった。

江戸深川生まれのおこんには過酷な裏高野、外八葉の跋渉《ばっしょう》だった。いくら磐音の負った籠に括りつけられての山行とはいえ、腹にやや子を宿したおこんには負担だった。時の経過と発熱とともに体力が失われていた。

磐音と弥助は内心、隠れ里に着くのが先か、おこんの生が尽きるのが先か、案じ始めていた。

不意に尖った岩峰が一行の前に立ち塞《ふさ》がり、霧子が、

「最後の岩峰にございます。これさえ抜ければ隠れ里が見えますよ、おこん様」

と訴えかけると、岩峰を横手に蟹《かに》のように進んだ。

その眼下は千尺余の谷底だ。

磐音は足元を一歩一歩確かめつつ、ゆっくりと霧子の後に従った。

おこんは頬《ほお》に冷たい風を感じて、

「気持ちがいい」

と呟いた。

磐音はおこんの悟ったような呟き声にどきりとした。

(おこん、死ぬでない)

と胸の中で囁くと、

「ともに江戸に戻ろうぞ、おこん」

と言いかけた磐音の声を、足元から吹き上げた風が天上に散らした。

「若先生、神隠し岩に着きました」

巨大な岩峰に割れ目が走り、霧子の体がその割れ目に没した。

おこんを負った磐音、竹籠を担いだ弥助が続いた。胎内めぐりのように暗闇を上下し、蛇行する行進がしばし続いた。

磐音は霧子の気配を頼りに進んだ。

「ふうっ」

霧子の安堵の吐息が洩れると同時に、黄金色《こがね》の光が磐音の眼を射た。

霧子の気配が横に消えて、磐音は不意に開けた岩棚に立っている己を発見した。

山並みの向こうに西日を受けた紀伊水道がきらきらと輝き、茜色《あかね》に染まっていた。

「なんたる景色か」

磐音は視界を転じた。

海の手前には全山が曼荼羅《まんだら》に染められた山並みが神々しくも広がり、さらに岩棚の下に目を転ずると、大きな扇を広げたようなかたちで棚田が広がる里山が見え、沢を流れる水音も清らかに響いてきた。

真言密教の修行と信仰に守られた聖地はそれ自体が、

「結界」

であり、海と山と空から厳重に守られていた。そして、結界の中に人里がひっそりと隠れ潜んでいた。

巫女舞《みこまい》の稽古でもしているのか、雅《みやび》な調べが風に乗って伝わってきた。

「おおっ」

弥助も驚きの声を発し、汗を拭う手を止めた。

磐音はおこんが隠れ里を見やすいように体を横にして、

「おこん、見よ」

と言った。

「磐音様、いささか疲れました。しばし眠らせてくださいまし」

と願うおこんの股《もも》に手を回した磐音が、

「眠ってはならぬ。見よ、そなたがやや子を産む里が眼下に見えるわ」

「なにが見えると言われますか」

おこんは高熱のためか視力を奪われ、意識も朦朧《もうろう》としていた。

「おこん、われら二人の子が光を見る地じゃぞ」

ぽんぽんと股を叩くと、はっとしたおこんが必死で両眼を見開き、しばし壮大な景色を見るともなく見ていたが、

「極楽浄土のように思えます」

と呟いた。

「極楽浄土ではない、現世《うつしよ》じゃ。霧子が案内《あない》してきた隠れ里じゃぞ」

「霧子さん、とうとう隠れ里に辿り着いたのですね」

「おこん様、苦労をかけました。ですが、もはや安心してお子を産むことができます。紀ノ川沿いに勢力を張った雑賀衆が最後に頼った地が、この姥捨《うばすて》の郷《さと》にございます」

「姥捨の郷」

霧子は初めて訪ねる先の郷名を口にした。

「その昔、雑賀衆では移動についていけなくなった年寄り子供は、この里に捨てられるように残されたそうです。赤ん坊の私を攫《さら》った下忍の雑賀衆が最後に頼りにしたのも、この隠れ里でした。私はこの姥捨の郷で物心がついたのでございます」

「霧子、この姥捨の郷はそなたの故郷であったか」

と磬音も尋ねた。

「はい、母を知らぬ私の心の故郷にございます。戻って参りました」

霧子の声が震えていた。

「われら、余人が邪魔をしてもよいのであろうか」

「この地に育った霧子が、お婆《ばば》様方に誠心誠意願います。必ずや受け入れてくれましょう」

「そうであればよいが」

と磬音が応じたとき、海の向こうに没しようとした残光が高野山の頭上を流れる雲に反射したか、黄金色の穏やかな光が隠れ里の姥捨の郷に荘厳に舞い散った。

「ああ、私は生きているのでございますね。いえ、やはり浄土に身を移しているのでございますね」

おこんは高熱のせいかまた同じことを繰り返した。

「おこんは未だ現世におるぞ。われらにはなすべきことがあるゆえな」

と磬音がおこんを諭し、霧子が、

「磬音様、おこん様、足元が明るいうちに郷に下りましょう。岩場から湯が湧いております。おこん様の身を浄めて差し上げます」

と言うと、勇躍姥捨の郷への道を下っていった。

雑賀衆の生き残りが棲《す》むという姥捨の郷に近づくと、一行を監視する目が囲んだ。だが、どこにもその姿は見えなかった。
十一、二歳でこの郷を離れたという霧子だが、歩みに淀《よど》みがない。
最後の橅林を抜けると、岩峰の尾根から見た里山が広がり、その東側の巨岩が屹立《きつりつ》するところに集落があった。

磐音は姥捨の郷の住人はせいぜい二、三百人かと、棚田の広さから推測した。

野地蔵が道の左右に並ぶ坂道を上がると、真っ赤な紅葉《もみじ》の老木が一行を迎えた。

霧子が紅葉の一枝を折って襟元《えりもと》に差した。

広場を囲んで家並みがあった。神殿造りの大きな家を中心にした戸数は六、七十か。

気配はあったが無人だった。だが、多くの眼が磐音たちを見詰めていた。

磐音が訪《おとな》いを告げようとしたとき、霧子が背から竹籠を下ろして広場の真ん中に独り立った。

姿勢を正し、両手を前に水平に差し出した霧子は、右手で襟に差した紅葉の一枝を構えた。

霧子の口からゆったりとした調べが流れて、霧子はその調べに乗って舞い始めた。

郷に驚きが走った。

それでもだれ一人として姿を見せなかった。その代わり、笙《しょう》、鉦《かね》、笛の音が霧子の舞いを誘導するように始まった。

霧子は雅楽の調べに乗り、広場の真ん中で舞い納めた。

不意に家々の戸が開き、老若男女が姿を見せた。

磐音は七割方が女であることを見てとっていた。青年や壮年の男は見当たらず、男は年寄りか子供だった。

磐音らは姥捨の郷の住人によってぐるりと囲まれていた。

神殿造りの回廊に三人の老婆が立った。

「三婆《さんばば》様、ご機嫌麗しゅう存じます」

「そなた、何者か。この郷を知る者はわれら一族だけじゃぞ」

三婆様の右の老婆が霧子に尋ねた。

「なぜこの姥捨の郷を知り、なにゆえ姥捨舞を演じられるや。いかにしてわれらを三婆と承知か」

と左の老婆が問い詰めた。

「答えよ」

「われもまたこの姥捨の郷に育てられた者ゆえ、承知にございます」

「なんとな」

「怪《あや》しやな」

と左右の老婆が呟いた。

無言のままの三婆様の一人、真ん中に立つお婆様が、回廊から階《きざはし》を下りて霧子に近づいてきた。

ばたん、と扉が開く音がして、弓を携えた男衆《おとこし》が姿を見せると矢を番《つが》え、霧子に向けた。

「そなた、われが名を存じおるか」

霧子は数間に迫ったお婆様を凝視すると、

「今より十数年前、巫女頭《がしら》を務めておられた梅衣《うめごろも》のお清《きよ》様かと存じます」

霧子の返答を聞いた郷人から吐息が洩れた。

「下忍雑賀衆と行を共にしていた霧子じゃな」

「いかにも霧子にございます」

「下忍雑賀衆は滅びたと聞いたが、さようか」

「お清様、確かにございます。先の公方様日光社参の折り、老中田沼意次に雇われた雑賀衆総頭雑賀泰造をはじめ、悉《ことごと》く討ち死にいたしましてございます」

「おおっ！」

というどよめきが起こった。

「霧子、雑賀泰造一味は、われらが雑賀衆の血筋とはいえ、突然押しかけて参り、去るにあたってわが郷の蓄えを強奪せんとして郷人二人を殺《あや》め、金品を奪い去った極悪人。どなたがあやつを討ち果たしたか」

「お清様、ご一統様に申し上げます。背にお内儀様を背負ったお方、坂崎磐音様が、雑賀泰造とその一味を討ち果たされたのでございます」

「坂崎磐音様とな。お一人でか」

「申し上げます。坂崎様は、江戸神保小路に徳川家より拝領屋敷を頂戴し、直心影流佐々木道場を開き、直参旗本衆や大名家の家臣に剣術の指南をしてこられた九代目佐々木玲圓様の養子にて、後継にございました。坂崎磐音様は、先の日光社参に際して西の丸家基様の微行に同道なされ、田沼意次一派に雇われた刺客団、下忍雑賀衆に養父佐々木玲圓様方とともに抗して、家基様の身を護り通されたのでございます」

霧子の答えは淀みなく明快だった。

「霧子、そなた、この郷を下忍雑賀衆とともに去ったが、いつ泰造のもとを離れたか」

「お清様、私も泰造一味に加わり、家基様の暗殺に関わっておりました。その任務の最中に、もう一人のお方、弥助様に捕らわれ、雑賀衆が悉く討ち果たされた後、江戸に連れてこられ、佐々木道場の内弟子として、生き方から剣術までことごとく叩き直されたのでございます」

姥捨の郷をしばし沈黙が支配した。

「なにゆえ、この郷を頼った」

「田沼意次によって家基様が暗殺され、佐々木玲圓様とお内儀様は自害して果てられました。にも拘《かかわ》らず田沼意次は追及の手を緩めようとはせず、佐々木家十代目の磐音様を亡きものにしようと刺客を送り続けております。私ども、つい先頃まで尾張名古屋に身を潜めておりましたが、その名古屋も安住の地ではなくなりました」

「そこで姥捨の郷を頼ったか、霧子」

「おこん様の腹には、佐々木家の血筋のやや子が宿っております。お清様、年神《としがみ》様、ご一統様、おこん様が無事にやや子をお産みになるまで、この郷の滞在をお許しください」

梅衣のお清が、朋輩衆の二婆様が待つ神殿回廊に戻った。だが、二婆様と相談するでもなく、
くるり
と、霧子と磐音らに向き合うように視線を戻した。

「坂崎磐音どの、そなたらの姥捨の郷の逗留を差し許す」

「三婆様、感謝申し上げます」

磐音が答えた。お清様は頷くと霧子に視線を戻した。

「霧子、よう戻った」

「はい」

「ようも、雑賀泰造一味を討ち果たした坂崎磐音様をこの地に案内してきてくれたな。こんどはわれらが坂崎磐音様とおこん様に恩を返す番じゃぞ」

と宣言すると、

「女衆《おんなし》、おこん様をお蚕屋敷《かいこ》に運び、容体を診《み》られよ」

と命じた。

急に輪が崩れて、雑賀衆姥捨の郷が動き始めた。

三

お蚕屋敷とは、雑賀衆姥捨の郷の女がお産をなすときにこもる家だった。広場に面した一角にあり、厳しい冬にお産をする女たちのために、床下には節を抜いた竹筒が何本も通され、温泉が流される仕組みが施されて、部屋自体がほんのりと暖かかった。

高熱を発しつつ、姥捨の郷に意識朦朧として到着したおこんは、直ちにお蚕屋敷に運び込まれた。

病んだ里人の治療に携わる男女と、お産を司る女と祈禱師《きとうし》の女らがお蚕屋敷に入り、霧子も同席して直ちにおこんの高熱を下げる治療と祈禱が始まった。

お蚕屋敷は男子禁制の場で、夫たる磐音も立ち入ることは禁じられた。

その代わり、磐音と弥助にはお蚕屋敷にほど近い、

「御客家《おきゃくや》」

と呼ばれる余所者《よそもの》が泊まる家が提供された。その御客家に案内される前、三婆様と、年神様と呼ばれる長老の雑賀聖右衛門《しょうえもん》の四人が磬音を呼び寄せて、

「よう姥捨の郷に参られました」

と改めて言葉をかけた。

「年神様、造作をかけることになり申す」

「坂崎様、われらが積年の怒りと哀しみを、坂崎様が吹き払ってくださったのでございますよ。われらこそ、恩人のそなた様に礼を申さねばなりますまい」

「それがし、さような経緯《いきさつ》があるなどとは存ぜず、ただ降りかかる火の粉を払《はろ》うただけにござった」

「雑賀泰造一味がこの世のものでないと知らされ、私どもの心は急に晴れました。おこん様は、元気を取り戻されます。そして、やや子を必ずや無事産ませてご覧に入れますでな、安心して滞在なされ。この姥捨の郷は、弘法大師空海様の慈悲が宿るところにございますれば、田沼意次の刺客などひとりとして入り込ませませぬ」

と年神様が言い切った。

「三婆様、年神様、それがし、いささか懸念がござる。お尋ねしてようござるか」

「なんなりと」

とお清様が応じた。

「この雑賀衆姥捨の郷は、紀州和歌山藩徳川家のご領内にございます。もしわれらの滞在が和歌山藩に、いや江戸に知られたとき、雑賀衆に迷惑が及びませぬか」

「何百年も前、われら雑賀衆は戦いに明け暮れて勢力を伸ばしました。じゃが、戦いで拡大した領地もいつしかなし崩しにされ、われら、かような内八葉外八葉の山に逼塞《ひっそく》せざるを得なくなりました。そのとき、われらが先祖はいくつかの戒めを残しました。政《まつりごと》から間をおき、時の権力者とつかず離れず生きよ、というのも戒めの一つにございます。われら雑賀衆残党は、紀州徳川家ともつかず離れず、互いに干渉せず利用せずの生き方を選んで参りました。この姥捨の郷に辿り着く道は、東西南北七口ございましてな、どれもが難しい道にございますよ。和歌山藩の家中でもこの地に迷い込んだ者はほんの数人。すべて、すでに亡くなっております」

とお清様が言い、さらに語を継いだ。

「なかでも霧子が選んだ空の道は、最も至難な一ノ口にございましてな、田沼の刺客を撒くために取らざるを得なかったのでございましょう。幼き折りの脱出口を、ようも覚えていたものにございます」

「霧子もしばしば迷い、立ち止まって考えておりました」

頷いたお清様が、

「姥捨の郷に入る順路は、空の道三口、川の道二口、海の道二口の七つ、未だ紀州和歌山藩にも川の道二口以外知られておりませぬ。またこの川の道二口には新たな仕掛けがございますゆえ、潜入を試みる者がおるかぎり、すぐにこの郷に知らされます」

「それを伺い、安堵いたしました」

「姥捨の郷に入ることを許されたそなた様方は、すでに空海様の慈愛に生かされております」

とお清様が磬音に説くと、

「いくら鍛えられたお武家様とは申せ、おこん様を背に負って空の道一ノ口を越えてこられたのです。さぞやお疲れのことでしょう。われら雑賀衆の男衆でも至難の業です。さすがは西の丸様の剣術指南を務められていたお方と感服しております」

年神様の雑賀聖右衛門が言った。

「それがしが西の丸様の剣術指南を務めていたということをご存じですか」

「かように外界と隔絶された姥捨の郷にも、外の情報《はなし》は伝えられます。でなければかような山奥にて生き抜くことはできません」

と聖右衛門が言い切った。そして、お清様が、

「今宵はゆっくりと湯に浸かり、休息なされ。おこん様のことは、年神様も言われましたが、雑賀の女衆にお任せくだされ。必ずや元気なお姿を二、三日後にはお目にかけますでな」

と口を揃えた。

磐音と弥助は、御客家に招かれた後、旅装を解いて、湯に案内された。

姥捨の郷に湧き出る温泉で、岩を穿《うが》った湯船は川の流れを見下ろす場所にあった。

二人は空の道一ノ口の苦難の旅を思いつつ、しばらく沈黙のままに湯に体を浸していた。

「弥助どの、こたびほど、人とは天に生かされている者にすぎぬと悟らされたことはござらぬ。まさか日光社参の折りの戦いの相手、雑賀衆の残党が生きる隠れ里、姥捨の郷に辿り着くとは」

「霧子がおらねば、わっしらはこうして湯になどのんびり浸かってはおられませぬな。なんとも不思議な縁にございます」

「人の交わりも繋がりもすべてそれぞれ意味がある、いずれ先で交わる運命《さだめ》にあったのでござろう。弥助どのが敵方の霧子の息の根を水中で止めておれば、かような場所にわれらはおらなんだ。弥助どのの慈悲にそれがし、感謝してもし尽くせぬ」

「わっしがあのような気持ちを起こすとは、今考えても訝しゅうございます。ですが、若先生が言われるように空海様が慈悲の布石を打たれていたとしたら、得心がいきます」

「われら人間は、数多くの間違いを犯して参った。己れの力で生きているものと錯覚し、時に自惚れた結果、自滅しました。広大無辺の世界を支配するものは人ではなく、天上のどなたかでござろう。人によっては、空海様が天上界を司るお方と信じておられましょう、あるいは最澄様、日蓮様と、違うお方を主と考える人もおられましょう。ともあれ、われらはただ生かされているものにすぎぬのでござるな」

「そう考えますと、田沼意次様の飽くなき執念も愚かにも些細《ささい》なことと思えます」

　磐音は無言で頷いた。

　温泉の湯で温《ぬく》もった二人の顔を、川の流れから吹き上げてくる風が心地よく冷やしていった。その風には冬の気配があったが、湯に浸かる二人はしばしそのことを忘れていた。

　御客家に戻ってみると囲炉裏《いろり》に火が入り、女衆が膳を運んできた。

「面倒をかけ申す」

　磐音と弥助の前に供された丸盆には、岩魚《いわな》の塩焼き、里芋の煮つけ、山菜がたっぷり入った味噌汁《みそしる》、漬物が並んでいた。さらにお櫃《ひつ》と竹筒が囲炉裏端に運ばれてきて、二本の竹筒は囲炉裏の火のそばに突き立てられた。

　酒の香が漂った。

「わっしら、客じゃございませんよ。押しかけだ」

　と呟く弥助に、

「いんや、大事な客人だ。雑賀泰造がこの郷を出ていくとき、殺されたのはわれの弟であった。おまえ様方がわれら雑賀衆に代わって仇を討ってくれただ。大事な客人だ」

　と言い残した初老の女衆が、若い娘とともに御客家から出ていった。

二人はしばし囲炉裏の炎を見ていた。

「おこんはどうしておるか」

と思わず磐音が口にした。

「若先生、おこん様は必ずや元気なお姿を見せられます。そうでなければ、わっしら、なぜあのような難儀な空の道一ノ口を迷いながらも踏破してきたか、分からなくなります」

「そうであった。それにしても尾根道の杣小屋に逗留を余儀なくされたとき、おこんと死に別れるのではないかと諦《あきら》めの気持ちが生じた」

「わっしも正直そう考えましたよ」

「ともかく生き抜いた。おこんのことも、雑賀の女衆と空海様の慈悲にお任せしようか」

竹筒の口から竹液が染み出てきた。

「どうやら燗《かん》がついたようです。姥捨の郷に到着した祝いをいたしましょうか」

二人は木椀の酒器に竹酒を注《つ》ぎ合い、今この世にあることとおこんの回復を祈願して、ゆっくりと胃の腑《ふ》に竹酒を落とした。

「わっしはこの酒の味を生涯忘れはしませぬ」

弥助の述懐に磬音も首肯した。

「おこんは生まれたときから、この地で子を生《な》す定めにあったやもしれぬ。そのためにわれら、空海様の支配なさる高野の地に招き寄せられた、そんな気がいたす」

「わっしは切り立った尾根道を歩きながら、これまでの世間の垢《あか》をそぎ落として生まれ変わっていくような、そんな心持ちがいたしました」

「いかにもわれら、生まれ変わろうとしているのやもしれぬ。この雑賀衆姥捨の郷からわが子を伴い、出ていくとき、坂崎磬音は、これまでの坂崎磬音でも佐々木磬音でもない人格へと変わっておろう」

磬音と弥助はしみじみと竹酒を酌み交わし、膳の夕餉を感謝して食し終えた。

翌早朝、磬音は眼を覚ますと、備前包平《びぜんかねひら》と尾張の徳川宗睦と交換した小さ刀を腰に差し落とし、まずは広場を見渡す神殿に向かった。

四人を姥捨の郷に受け入れてくれた雑賀衆に改めて感謝を捧げ、おこんの回復を長いこと祈った。そして、最後に階を上がり、拝殿の前の床に包み紙に包んで小判三十両を寄進した。尾州茶屋中島家から美濃路での御用の報酬に頂戴した五十両から、姥捨の郷滞在の費《つい》えを払った。磬音が気持ちをかたちに表す術《すべ》はそれしかなかったからだ。

すでに姥捨の郷の家々では住人が起きている気配があり、屋根から炊煙がうっすらと立ち昇っていた。

磐音はお蚕屋敷に向かうと、その前で合掌しておこんの無事を祈った。そして、その場を借りると、おこんの熱が下がることを祈念しながら、抜き打ちの稽古を無心に繰り返した。

気がつくと、雑賀衆の子供衆が磐音の稽古を見ていた。すべてが十二歳より幼いと思《おぼ》しい。

姥捨の郷では若い男衆の姿を見かけなかった。磐音らに姿を見せぬというより、別の場所で過ごしている、そんな感じがした。

「そなたら、勇猛で知られた雑賀衆の子孫であろう。物心ついた折りからひととおりの武術を習うてきたのであろう。それがしに披露してくれぬか」

と話しかけてみた。だが、だれもがなにも答えない。

「そうか。突然現れた余所者に大事な技を披露するわけにはいかぬな」

と呟く磐音の前から、二十人余りの子供らがぞろぞろと、広場から河原に通じると思える路地に向かって歩き出した。

「なんぞ塾でもあるのであろうか」

磐音が見送っていると、路地口で何人かの子供が立ち止まり、一人の女の子が手招きした。

「付いてこよとな」

磐音は招きに応じて子供の群れに従った。

姥捨の郷の西側を流れる紀ノ川の支流を見下ろす高台に出た。そこには寺があり、そのかたわらに屋根だけの道場があった。土間は踏み固められており、そこが雑賀衆の武芸修行の場と知れた。

寺の本堂から一人の壮年の男が姿を見せた。

「坂崎磐音様、よう雑賀寺に参られましたな」

「こちらは道場のように思えるが」

「いかにも道場でございます。されど働き盛りの男衆は普段、この郷から出ておりますでな、私が留守番にございますよ」

「雑賀寺の住職でもあられる」

「いかにも雑賀寺の和尚思円《しえん》と申します」

「坂崎磐音にござる。よしなにお付き合いのほどを願います」

磐音も改めて思円和尚に名乗った。

「坂崎様、この地にそなた様のような高名な剣術家を迎えたことはございません。そこで子らに誘いに行かせました」

「そうでございましたか」

磐音は広場で雑賀衆の武術を披露してくれぬかと願ったが、子らは雑賀衆の道場へ招きに来ていたのだ。

「子供衆の稽古を拝見したい。見せてはいただけませぬか」

頷いた思円和尚が、

「徳川家基様の剣術指南坂崎磐音様に、そなたらの日頃の修行を披露なされ」

と命じた。すると子供らが急に張り切り、道場の一角に置かれてあった葛籠《つづら》から手に手に得物《えもの》を持ち出してきた。忍び刀、乳切木《ちぎりき》、棍棒《こんぼう》、打根《うちね》、手裏剣、ひご弓ありと多彩だった。

「お六《ろく》」

と思円和尚が娘の一人を指名した。

最前、広場を出るとき、磐音を手招きした少女だ。両手に四方手裏剣を握っていた。

壁なしの一角に戸板のような厚板が立てられた。真ん中に径三寸余の円が描いてあった。そして、その周辺に手裏剣の突き立った跡が無数刻み込まれていた。

お六は、的から十五間余の間合いをとった。

半身に構えたお六の顔が緊張に紅潮して、無言裡に両手の四方手裏剣を抛《なげう》った。十字手裏剣の一種、四方手裏剣が回転しながら、虚空に緩やかな弧を描き、戸板の的に次々に突き立った。

「見事じゃ」

と磐音が思わず褒めた。するとお六が恥ずかしそうに頬を染めた。

「鷹次《たかじ》」

と思円和尚が次の演技者を指名した。

「はい」

と返答をした鷹次はひょろりとした少年だった。

得物は乳切木だ。

乳切木とは、四尺ほどの棒の先端に三尺余の鎖を付け、その先端に分銅《ふんどう》を装着した武器だ。棒、鎖、分銅の組み合わせを巧みに使うと、相手にとって恐ろしい武器となる。

棒を両手に持って振り出し、鎖で敵の刀を絡めたり、分銅で殴り付けたり、棒で殴打したり、敵の反撃を払ったりと多彩な技を含んだ得物で、それだけに習得に歳月を要した。

鷹次はまだ少年の体付きだったが、細身に強靭《きょうじん》な筋肉を秘めているようで、両手で乳切木を巧妙に振り回し、鎖で敵方の得物を絡め取る仕草、分銅で殴り付ける技、多彩な攻防の技術を披露した。

「さすがは羽柴秀吉軍十万を向こうに回し、太田城を最後まで守り抜かれた雑賀衆の子孫かな。感服いたしました」

と磐音は正直な気持ちを吐露した。

鷹次はいささか得意そうだった。

「鷹次、そなたの技をお褒めになったお方がどのような剣術家か知るまい。坂崎様の胸を借りてみぬか」

「和尚様、おれの相手をしてくださろうか」

「願うてみよ」

鷹次が磐音をひたと見て、ぺこりと頭を下げた。

頷いた磐音は腰の包平と小さ刀を抜いた。するとお六が木刀を手に携えて、

「お預かりします」

と磐音から大小を受け取り、代わりに木刀を渡してくれた。

「鷹次どの、待たせたな」

鷹次の前に進んだ磐音は、

「攻めなされ。力を抜いては却ってお互いが危ない。渾身《こんしん》の力を込めてな、攻めきりなされ」

と注意を与えた。

頷いた鷹次がぴょんと後ろに飛び下がり、片手に棒を握ると頭上で分銅をぶんぶんと振り回し始めた。最前とは分銅の回転の速さが違った。

磐音は正眼に木刀を置き、自らすいっと分銅の間合いに入った。

「しめた」

という表情で磐音の木刀に鎖を伸ばした。

不動の木刀に鎖が絡み、鷹次はくいっと引いた。だが、するりと鎖が外れて、分銅が力なく戻ってきた。

（なぜだ、なにが起こった）

ひょいと分銅を躱した鷹次は、再び回転に戻すと、こんどは分銅を磐音の顔面に向けて抛った。

分銅が円弧を描いて顔に突き刺さった、かに見えた。

その瞬間、
かーん
と乾いた音がして分銅が弾かれ、なぜか力を吸い取られたようにへなへなと飛び返ってきて、棒にぐるぐると巻き付いた。

「なんだ、これは」

狼狽《ろうばい》する鷹次の前にするすると相手の体が迫ってきて、木刀が振り下ろされて額を打った。

「鷹次」

と仲間が呼ぶ声に鷹次は意識を取り戻し、地べたに長々と寝たまま額に触った。

「鷹次、打たれとらせん。寸止めに額の前で止まっただけだ」

「おっ魂消《たまげ》た」

と鷹次は地面から体を起こした。すると相手をしてくれた坂崎磐音が思円和尚と談笑していた。

「あの人は化け物かもしれん」

という呟きを聞いた磐音が鷹次を見て、にっこりと笑いかけた。

こうして坂崎磐音ら四人の雑賀衆姥捨の郷での暮らしが始まった。

四

大山は、相州《そうしゆう》伊勢原にある丹沢《たんざわ》山系の霊山にして山岳信仰の修行の場であった。

一方、六月二十七日から七月十七日の間は、講中の人に開放された。その多くは江戸からの信徒で、大半が鳶《とび》の者や職人衆、役者などであった。それだけに講中は互いが競い合うように威勢よく、それぞれ、

「奉納大山石尊大権現大天狗《おおてんぐ》小天狗《こてんぐ》請願成就」

と墨書された木太刀を担いで大山詣でをなした。

だが、この時期を過ぎると大山は一変した。

全山が秋色に染まり、冬の気配すら感じられる季節ともなると、静かな山岳信仰の場に戻った。

この日、大山山頂の阿夫利《あふり》神社を目指して三人の男が騒ぎながら登っていた。

先達はどてらの金兵衛で、旅塵に塗《まみ》れた白衣に杖をついて、

「さんげさんげ、六根罪障」

と飽きずに唱え、時には、

「おこんが無事に子を産みますように、父親金兵衛が娘に成り代わり、良弁《ろうべん》様にお願いいたします」

と開基した良弁師の名を上げて願った。そして、

「さんげさんげ、六根罪障」

とまた唱えた。

その後を、血に染まった白布を額に巻いた武左衛門が杖にすがってよろよろと行き、

「幸吉、しっかりとわが尻を押さぬか。足にも腰にも力が入らぬぞ」

「ほれ、根っこが参道に出ておって足がつっかえたぞ」

などと喚《わめ》いていた。

「竹村の旦那、これでも必死で押し上げているよ。ちったあ、自分も足を動かす気にはならないか」

「幸吉、怪我人《けがにん》の身で大山詣でをなそうという竹村武左衛門の悲壮な志が分からぬか。あいたたた、急に力を入れて押すでない。頭の怪我に響くではないか」

「伊勢原の馬医者だって、もう怪我もふさがり、打撲の痛みも去ったはずと言ったじゃないか。旅籠《はたご》に着くたんびに酒浸り、なにが怪我人だよ」

「情がないのう。おお、頭に響く」

と言いながらも、なんとか武左衛門が片足を上げようとして参道の石に蹴躓《けつまず》き、その場に自ら転がった。

「しばし休もうではないか、幸吉」

「普通なら、江戸から二泊もすれば大山に到着してるよ。それがなんだい、その何倍も日にちをかけてこのざまだ。金兵衛さん、この旦那、連れてくるんじゃなかったね」

「幸吉、今さらそのようなことを言っても詮無いぞ。もはや私は竹村武左衛門というお方が従っていることは忘れました。前だけを見て、おこんの安産とお艶様の供養を良弁様にお願いしているところです」

「金兵衛さんはいいさ、前を見てればいいんだからさ。おれはこの汚くて、大きな尻《けつ》を押さなきゃならないんだぜ」

「山を下りたら旦那はほっぽらかしにして、幸吉と二人、江ノ島に物見遊山の旅に参りますよ」

「そいつはいいね。そうしようよ、金兵衛さん」

「二人して殺生を言うでない。江戸から共にした講中ではないか。仲よく江ノ島に参り、食売《めしもり》を上げて精進落としをなそうぞ」

「すぐこれだ。阿夫利神社の参道で食売の話だと、罰当《ばちあ》たりめが」

と吐き捨てた金兵衛が前へと進み始めた。

「ほれ、立ってくれよ。今日じゅうに大山詣でを済ませたいんだよ」

幸吉に言われて、よろよろと武左衛門が立ち上がった。

武左衛門が怪我を負ったには理由があった。

江戸から池上《いけがみ》道、大山道を順調に辿ってきた三人は、二子《ふたご》の渡し船に乗った。船には江戸から金兵衛一行に従ってきた遊び人風の男も同乗していた。

田沼一派が今津屋の監視につけた見張りの一人の文次《ぶんじ》だ。もはや文次は、三人が大山詣でに行くことを、武左衛門の大声などから察していた。

尚武館の後継夫婦に連絡《つなぎ》をつける役目を負わされた一行にしては、一人だけ粗雑な男が混じっていた。その上、おこんの父親とはいえ年寄りと小僧の三人だ。どうみたって大役を請け負った者たちではなかった。

文次は溝ノ口宿まで尾行したら江戸に引き返すつもりだった。

騒ぎは先方から仕掛けられた。

文次が渡し船を最後に下りて土手に向かおうとすると、枯れ葦《あし》の生えた河原で小便をしていた大男が、

「そなた、われらのあとを金魚の糞《ふん》の如く付いてきておるな」

と立ち塞がった。

「冗談を言うものじゃねえぜ」

「いや、怪しい。そなた、わが懐を狙うたとて一文にもならぬぞ。金子は常々女房から持たされておらぬのだ。ほれ、金主は、どてらの金兵衛様でな、大山詣での路銀を奪ったとて大した稼ぎにはなるまい」

「旦那、いきなりの言いがかりだね。おまえさんこそ、おれから強請《ゆす》ろうという算段ではないのかえ」

「なにっ、この竹村武左衛門、痩せても枯れても武士の端くれ、悪口雑言を並べるとためにならんぞ」

武左衛門が腰の刀に手をかけようとしたが、もちろん大小を捨てた身、なにもない。慌てて、後ろ帯に挟んだ二尺ほどの棒を抜いてみせた。

「てめえほどの大馬鹿者はいねえな。爺《じじい》と小僧が持て余すわけだ」

「なにをぬかすか」

と大きな体で威圧しつつ棒を振り上げて威嚇した。

「言いがかりをつけたのはてめえのほうだ」

と文次が武左衛門の懐に飛び込むと同時に向う脛《ずね》を蹴り上げ、

「あ、い、いたた」

とよろめく武左衛門の手から棒を奪うと、頭を二度三度殴り付けた。

「これ、乱暴はいかぬ。頭を殴るとは卑怯《ひきょう》千万」

喚く武左衛門の声に、騒ぎに気付いた幸吉が土手から河原に駆け戻ってきた。

「なにしてんだよ！」

船着場に待つ客も気付いて走り寄った。

文次は棒を投げ捨てると枯れ葦の原に駆け込み、姿を消した。そして、下流の下野毛の渡しを使って江戸に戻ろうと、無駄な尾行に終わったことを呪《のろ》った。

二子の渡し場では額を割られた武左衛門が、

「幸吉、頭をやられた。もうだめだ。竹村武左衛門、一生の不覚。町人と侮ってつい油断をなした。ああ、目がかすむ、お迎えが来た」

と言うと気絶した。

金兵衛と幸吉は溝ノ口宿の馬医者のもとに武左衛門を運び込み、殴られた傷口と打撲の治療をしてもらった。

「三、四日、じいっとしていれば治るわ」

馬医者は大仰な武左衛門に呆《あき》れながらも言ったものだ。

金兵衛と幸吉は、武左衛門を旅籠に残して二人だけで大山詣でを済ませ、帰りに溝ノ口に立ち寄って元気になった武左衛門を引き取り、江戸に戻ろうかと相談した。すると虫の息といった風情でその話に聞き耳を立てていた武左衛門が、

「金兵衛どの、幸吉、そりゃいささか情がないではないか。共に大山詣でをなすと誓《ちこ》うて江戸を出てきたのだ。おれが歩けるようになるのを待つのが人情というものだ。二人だけで大山詣でに行っても、おこんさんに功徳はないぞ」

と脅したり泣き言で訴えたりした。ために金兵衛と幸吉は再び話し合い、致し方なく武左衛門の怪我の回復を待つことにした。

三日後になんとか旅が続けられるようになった。だが、数丁も歩くと、頭が痛いだの、馬に乗りたいだのとぐずった。そのうえ、怪我の痛みを解消するには酒を飲むのがいちばんと居直ったりした。

そのような武左衛門に振り回され、江戸から大山まで七日もかかってようやく、

大山参道の良弁の滝に到着したところだ。

「ほれ、武左衛門の旦那、これまでの罪障をきれいさっぱり滝の水で浄めて、阿夫利神社にお参りしますぞ」

と先達の金兵衛が自ら先に立ち、汚れた白衣のまま潔くも良弁の滝に打たれた。

だが、

「おお、身が千切れるほど痛い」

と飛びあがった金兵衛がすぐに滝から上がってきて、新しい白衣に着替えた。

「それがしはやめだ。浄めるほどの罪障はないからな」

と嘯《うそぶ》く武左衛門を見た幸吉が、

「いいよ。金兵衛さんと竹村の旦那の分もおれが浄めるよ」

と言い残すと身を切るような滝の水に体を入れた。

「さんげさんげ、六根罪障。おこん様の赤子が無事に生まれますように。お艶様、米沢町の今津屋様は皆さん息災にしておられます。ご安心ください」

寒さに耐えるために全身に力を入れ、両手を組んで必死で願った。

金兵衛も幸吉も、品川宿に到着する前に尾行がついていることに気付いていた。

今津屋に立ち寄った三人だ、田沼一派の見張りと思えた。

田沼一派がいちばん神経を尖らすのは、尚武館佐々木道場の後継坂崎磐音に連絡をつけることだろう。だが、大山に詣でる三人にはなんの疾《やま》しいところもないため、放っておくことにした。ところが、二子の河原で武左衛門が相手を懲らしめようとして反対に頭に怪我を負わされたせいで、尾行は消えた。

武左衛門の行いも一つだけ役に立ったわけだ。それが、武左衛門を最後まで従えて大山に詣で、江戸に連れ戻ろうとした理由の一つでもあった。

(佐々木玲圓様、おえい様、成仏してください。後継の磐音若先生とおこんさんも頑張っておられますからね)

と最後に胸の中で願った幸吉は滝を出た。

「幸吉、手拭《てぬぐ》いでごしごし肌を擦《こす》れ」

と金兵衛が手拭いを差し出したが、幸吉の手はぶるぶる震えて摑むことはできなかった。

「よし、私がやってやろう。背から始めるぞ」

すでに着替えを済ませていた金兵衛が、幸吉の紫色に変わった肌を擦り始めた。

江戸を出て八日目の昼前、金兵衛、武左衛門、幸吉の三人は、こうして阿夫利神社、大山寺と次々に詣で、金兵衛の念願を果たした。

「幸吉、そなたが同道してくれて助かった。このとおり礼を申しますぞ」

金兵衛が大山の山頂から相模灘《なだ》を横目にしながら感謝した。

「どてらの金兵衛どの、それがしに礼はなしか」

「竹村さん、こたびほど、ほとほと愛想が尽きたことはありません。江戸に戻りました暁には、お付き合いをご免蒙らせていただきます」

「金兵衛どの、長い付き合いではないか、そのような薄情を言うものではないぞ。のう、幸吉」

「おれに振らないでくんな。金兵衛さんの気持ちがようく分かるからな」

「二人してそう邪険に言うものではないぞ。こうして神社仏閣にお参りした後は、実に清々《すがすが》しい気持ちであろうが、人間が生まれ変わったようであろうが。そのような気持ちに正直に、人間は生きていかねばならぬのだぞ」

武左衛門が得々と説教めいた能書きを垂れた。だが、金兵衛も幸吉もその言葉を聞き流し、

「幸吉、尾張はどっちの方角かな」

「海がこっちだからさ、幾分山寄りじゃないかね」

「ならばこっちに向かって、婿どの方の旅の安全を祈ろうか」

金兵衛は白髪頭《しらが》を下げて合掌し、幸吉も真似た。

「なんだ、それがしだけ、のけ者か」

石段に腰を下ろしていた武左衛門もそう言って立ち上がると、二人の真似をしてかたちばかり合掌した。

内八葉外八葉の山並みに囲まれた隠れ里、雑賀衆姥捨の郷に磐音一行が到着して三日目の夕暮れ、高熱に侵されていたおこんの熱が、
すとん
と、音がお蚕屋敷に響いた感じで下がった。それでも意識は朦朧としていたが、郷に湧き出る岩清水をごくごくと喉《のど》を鳴らして美味しそうに飲んだ。
その翌朝のことだ。
磐音が朝稽古に向かおうと御客家を出ると、霧子が磐音を待ち受けていた。
磐音は、霧子の頬がそげて顔がひと回り小さくなっていることに気付いた。
姥捨の郷に到着以来、霧子は昼夜を問わずおこんに従い、治療や祈禱の手伝いをなした。その疲れが極限に達していたが、同時に霧子の顔には疲労の中にも

清々しさがあった。

「若先生、おこん様はもはや安心にございます。熱も下がりましたし、意識も戻りました」

「それはよかった。やや子はどうか」

「お清様が心音を確かめられました。元気にすくすくと成育なさっているそうです」

しばしその知らせを嚙みしめるように沈思していた磐音が、

「よかった」

と呟いた。そして、広場の神殿に向かうと、階の前に正座をして、雑賀衆の神々と人々に感謝した。

長い合掌が終わった後、磐音が霧子に訊いた。

「霧子、おこんの顔が見られるのはいつのことか」

「お蚕屋敷を出られるまでお待ちください。お清様に願ってみますが、あと一日二日の辛抱にございましょう」

「霧子、おこんの顔を見た暁には、その足で高野山に詣で感謝を申し上げたい。そのこと雑賀衆では許してもらえようか」

「三婆様と年神様に相談いたします」

「頼もう」

「若先生、霧子も安心いたしました」

「そなたには世話になった」

「いえ、おこん様が我慢なされたのです。ようも、若先生の背に担がれて空の道一ノ口を乗り越えられました」

「われらはあの空の道一ノ口で生まれ変わったのだ」

「はい」

　霧子が大きく何度も首肯した。

　この日、磐音は雑賀衆の道場で久しぶりに独り稽古をなした。それは雑賀衆の子供たちも声がかけられないほど険しく厳しかった。

　直心影流目録伝開の八相《はっそう》から一刀両断、右転左転《うてんさてん》、長短一味《ちょうたんいちみ》、龍尾《りゅうび》、面影、鉄破《てっぱ》、松風、早船、曲尺《きょくじゃく》、円連、陰之搆《いんのかまえ》之事、陽之搆之事、相搆之事、相心《あいしん》之事、相尺《あいじゃく》之事、目付之事、仕懸之事、手之内之事、横一文字之事、縦一文字之事、留三段《とどめさんだん》之事、体當《たいあたり》之事、太刀當《たちあて》之事、切落《きりおとし》之事、吟味之事、極意、気当《きあて》、権体勇《けんたいゆう》、西江水《しやこすい》、惣体之〆《そうたいのしめ》、口上

極意之事、不立之勝《たたざるのかち》、十悪、理歌三題までの技と心構えを何度もなぞった。

逃避行のせいで、稽古をなす時間が少なくなっていた。あったとしても、尾張影ノ流の門弟衆を相手の打ち込み稽古であった。ためにどうしても相手の動きや技量に合わせ、磬音が得心する稽古ができなかった。

この日、ひたすら無心に包平を振るった。

いつしか陽光が中天に昇り、西の山の端に傾き、日没を迎えていた。

「一切無差別、万物同根、四海平等、一切皆空」

目録伝開の最後の思想、理歌とは一円相《いちえんそう》の教えを歌に託したものだ。平易に表現すれば、

「花は紅《くれない》、柳は緑、陰と陽、
生あるものは必ず滅す、
円に始めなく終りもない。

世の中はすべて縁なきものはなく、
ゆえに勝ち、負けの考えもなし」

という考え方だ。

勝負のありようやかたちなき心構えの教えだ。

磬音は尚武館佐々木道場にあって、

「技、かたちあるもの、
心構え、かたちなきもの」

の二つを学んだ。

目録伝開を今の磬音の心に照らして解釈し表現した。

一円相の動きを止めて瞑想する磬音を、雑賀寺の思円和尚と子供たちが凝視していた。

磬音は両眼を静かに見開いた。すると思円和尚と目が合った。

「それがし、もしや道場を独り占めして皆様に迷惑をおかけしたのではございませぬか」

「そなた様は」

と思円和尚は絶句すると、

「家基様の剣術指南に選ばれるほどのお方ゆえ、技量、識見、人柄ともに秀《ひい》でた人物と思うておりましたが、これほどのお方とは」

と嘆息した。

「雑賀衆は、秀吉様に攻め滅ぼされて以来、武術を秘して参りましたが、そなた様の動きを見て、われら一族、すでに武闘集団ではのうなったと思い知らされました」

「和尚どの、それがしの業前、奇怪にございましたか」

「奇怪どころか深遠にござった。そなたがこの姥捨の郷におられる間、われら雑賀衆も今一度技を学び直しとうござる。手助けしてもらえませぬか」

「なんなりと、それがしに手伝えることあらば」

と磐音が答えたところに霧子が道場に駆け込んできた。

「おこんに異変が起こったか」

「いえ、姥捨の郷の外に出られた男衆から、磐音様の所在を尋ね歩く二人の武士がいるとの知らせが届きました」

「二人の武士とな。和歌山藩士であろうか」

霧子は首を横に振り、

「弥助様と話し合い、私と師匠がその者たちの身許を確かめます。お許しくださ い」

磐音はしばし考えた後、差し許すと答えた。頷いた霧子は、姥捨の郷を覆う夕闇の中にたちまち掻き消えた。

第五章　高野奥之院

一

去りゆく秋の名残りの陽射しが、御客家の縁側に穏やかに散っていた。風もなく温もりを感じさせる光だった。

開け放たれた縁側の軒には干し柿が吊《つ》るされ、柿のれんの下には里山が広がっていた。棚田は収穫を終え、冬を迎えるばかりである。ために姥捨の郷の西側を流れて紀ノ川に注ぐ支流が光に煌《きら》めく光景や、郷を囲む内八葉外八葉の山並みがとっくりと望めた。

重畳たる山並みはあでやかに色付き、遠く頂きの一角から神気が静かに漂っていた。

真言密教の聖地、空海弘法大師が開かれた高野山金剛峯寺だ。

磐音は硯箱《すずりばこ》の蓋を閉めると、巻紙を舌先で湿して切った。その気配におこんが振り向いた。

顔と体がひと回り小さくなり、振り向いた表情は少女のようにあどけなかった。その分、腹がぽっこりと膨らんで見えた。

お蚕屋敷を無事に出たおこんは、体内の憂いや毒をすべて洗い出したようで、清浄無垢の表情に変わっていた。

おこんと会った磐音は、愛《いと》しさのあまりひしと掻き抱いた。その姿勢のまま、雑賀衆の神々、弘法大師の慈悲に感謝した。二人に言葉は要らなかった。互いの温もりを感じ合うことで生きている喜びを共有し合った。

姥捨の郷での穏やかな暮らしが静かに始まった。

弥助と霧子は、雑賀衆の男衆《おとこし》を道案内に里に下りていた。隠れ里を探すという武士の動静を探るためだ。もしその武士が紀州和歌山藩の家臣なら、磐音らの行動が知られたということに他ならない。

弥助と霧子は和歌山藩内の探索に苦労しているのか、姥捨の郷を出て九日ほどが過ぎたが、戻ってくる様子はない。

そのようなわけで、磐音とおこんは二人だけの暮らしを御客家で始めた。

「どうなさいました。しげしげと私の顔を見ておられますが」

「おこんの横顔はかようであったかと思うてな」

「ひと回りもふた回りも痩せましたゆえ、別人の顔になったのでしょう。やや子を産むと女は太ると申します。きっと元に戻ります」

「却って、少女の顔に戻ったおこんに魅せられておる。しばらくその顔で亭主どのを楽しませてくれぬか」

「まあ、なんということでしょう」

と微笑んだおこんが、

「磐音様、不思議な感じがするのです」

「不思議な感じとはなにかな」

「尾張名古屋で子を産むと覚悟したとき、それなりに私の気持ちは落ち着きました。ですが、この郷で意識を取り戻し、お蚕屋敷を出た刹那《せつな》、なぜか、戻ってきた、故郷に帰ってきたという感慨が胸を過《よぎ》りました。初めての、それも朦朧としつつ磐音様の背で運ばれて辿り着いた姥捨の郷を、江戸深川生まれの私が知るわけもございません。それなのに、この郷に懐かしさともなんともつかぬ安心を感じるのはどうしたことでしょうか」

「おこん、それがしにもその理《ことわり》は説明がつかぬ。われら現世《うつしよ》に生きて思い悩む衆生よりも大いなるもの、姥捨の守り神や空海様の慈愛に守られ、そう感じられるのやもしれぬ」

「磐音様もそう思われますか」

「この郷で時を過ごすとき、それがし、なんの警戒もしておらぬ。ただ生きてある有難さだけを噛みしめて稽古をしたり、送る当てなき文を認《したた》めたりしておる」

磐音の返答に首肯したおこんが、針を手にしばし沈黙していたが、

「私は磐音様のお子をこの地で産むのですね」

と念を押した。

「霧子に導かれてきた雑賀衆姥捨の郷は、われらが子の誕生の地ぞ」

「人の交わりとはなんとも玄妙なものですね。私たちが、幼い霧子さんの記憶を頼りにこの姥捨の郷に辿り着いたなんて」

「日光社参で家基様の影警護を仰せ付かり、田沼様に雇われた下忍《しのび》雑賀衆と戦う以前から、われらはこの地を訪れる運命《さだめ》であったのやもしれぬ」

「目先のことに拘《こだわ》りすぎる自分が恥ずかしくなりました」

「いかにもさよう」

と答える磐音に、

「茶を淹《い》れます」

とおこんが立ち上がろうとした。

「おこん、座っておれ。それがしが淹れよう」

「いえ、旦那様、もはや私は病人ではございません。元気になったのです。少し体を使ったほうがよいと、お清様やお婆《ばば》様方に忠言されました」

と応じたおこんが厨《くりや》に立った。

御客家は筵《むしろ》を敷いた座敷が三つと、囲炉裏が切り込まれた板の間と厨と厠《かわや》を備えていた。水は岩棚から染み出す清水が竹筒で庭の洗い場まで引かれて、大きな水甕《みずがめ》に清らかな水音を響かせていた。洗濯は御客家の庭外れを流れる川に行く。湯殿はない。代わりに、流れに接した温泉が姥捨の郷の住人の共同の風呂場であった。

磐音はお蚕屋敷を出たおこんをその夕暮れ、温泉に案内し、自らも下帯一つになっておこんの体を湯に浸からせ、尾張名古屋を出て以来の垢を丁寧《ていねい》に擦《こす》り落とした。

「あれ、私の体は垢でできておりましたか。いくらでも出てきますね」

おこんが恥ずかしそうに身を竦めたが、江戸を出て以来の、疲れが溜まった体を揉《も》み解《ほぐ》すように磐音は洗い続けた。

その夜、磐音のかたわらでおこんは安心しきって眠りに就いたのである。

「郷のお婆様から、草餅《くさもち》のおすそ分けを貰いました」

茶器と茶うけの草餅を、おこんが磐音のもとに運んできた。

「頂戴しよう」

と磐音は草餅に手を伸ばし、

「弥助どのと霧子に悪いな」

と呟いた。

「私たちだけがこのようにのんびりしていて、よいものでしょうか」

「いかにもそう思うが、それがしの手が要るとき、弥助どのが知らせてこよう。それまでそなたと二人、いや、腹のやや子がおるで三人であったな、しばし静かな日々を過ごさせてもらおうか」

と自らに言い訳して草餅を食した。そして、

「おお、これは絶品かな」

と思わず洩らした磐音が、いつもの世界に没入しようとした。

「磐音様、私を置き去りにして食べることに夢中にならないでくださいませ。父親は子の手本にならなければならないのですから」

「この癖、やめねばならぬか。はて、こればかりは自信がないな」

と磐音が答えたとき、庭に人影があった。

年神様の雑賀聖右衛門が一人の若者を従えて姿を見せた。

「坂崎様、里から連絡《つなぎ》が入りました。三十里《さんざ》走りの蔦助《つたすけ》です」

姥捨の郷の長老のかたわらに片膝《かたひざ》を突いた蔦助が、ぺこりと頭を下げた。初めて見る顔だった。

「お二人とも縁側に参られませ」

おこんが誘《いざな》い、茶の仕度のために立ち上がった。

「ならばしばらくお邪魔しますかな」

聖右衛門だけが縁側に近寄り、上がりかまちに腰を下ろした。蔦助は片膝を突いた場所を動く気配はない。

「弥助どのと霧子からの連絡にございますな」

「いかにもさようです」

と応じた聖右衛門が蔦助を見た。

「隠れ里を探す武士は、紀伊和歌山藩の家来ではございませぬ」

と蔦助が説明した。

磐音は蔦助と初対面だ。ということは、雑賀衆の男衆はふだん和歌山城下などでお店《たな》奉公や屋敷奉公をしていると思えた。

「ほう、紀伊領外から来られたか」

「はい。弥助様、霧子さんの他にも、藩の目付《めつけ》方が二人の行方を追っております」

「二人なのですね」

「若い二人でございまして、なかなか慎重に立ち回り、姿を捉えることができません。われら雑賀衆が驚くほどの巧みな動きにございまして、内八葉外八葉の山中を一日十里以上も移動し、次には追跡するわれらが考えもしないところに姿を現します」

田沼一派が送り込んだ密偵か刺客であろうかと、磐音は首を傾げた。

「蔦助、さように動き回る者には、必ずや定まったかたちがあるものじゃぞ」

「それが紀伊の山に慣れているのか、あるいは初めてで戸惑い、やたらと動き回っているのか、判断に苦しむほどに、一日として同じ場所に寝泊まりするふうでもなく、定まった考えで動いているふうでもございません」

「動きに決まりはないというか」

「年神様、いかにもさようです」

「蔦助、姥捨の郷には入り込んでおらぬな」

「いちばん接近したときがございます。川の道二ノ口に沿って遡行したと思える十日ほど前のことです。ですが、増水した七段乱れ滝に行く手を阻まれ、引き返しております」

「ほう、七段乱れ滝まで接近したとな。和歌山の家来衆でもそこまで入り込んだ者はおるまい」

「おりませぬ」

　と言い切った蔦助が、

「この二人に定まった日課があるとしたら、一夜の宿と定めた河原や岩屋の前での稽古です。地面に、剣術の稽古を熱心に繰り返した気配が残されていることがございます」

「坂崎様、田沼の刺客でしょうか」

「考えられぬわけではございますまい。われら、名古屋の尾州茶屋中島家の商い船に同乗を許されたゆえ、一気に芸州広島に向かうとあちらこちらに言いふらしたのち、宮の渡し沖から名古屋を離れました。その実、尾張領内で商い船の熱田丸から密かに下船し、員弁川を遡って琵琶湖岸の彦根城下外れで船を雇い、湖の南岸に上陸し、瀬田の光明寺におこんを休ませるために数日泊まりました」

このとき、土地の飛脚に願って高知の重富利次郎と福岡城下に滞在中の松平辰平、江戸の笹塚孫一に宛てた書状を送っていた。むろん磐音の名を記したわけではなく、光明寺の和尚の名を騙《かた》りはしたが、宛先の名から磐音らの行動が探り出されたことは考えられた。

「広島に走った田沼の刺客雹田平とその一味が、広島以前にわれらが下船したことを知り、尾張から再び探索を始めて、なんらかの方法で、霧子に案内《あない》されて紀州和歌山へと辿ったわれらの動きに気付いたやもしれませぬ。田沼一派にとって、紀州和歌山はわれらがいちばん近づき難い地にござれば、却って目をつけたとも考えられます」

と答えていた。そこへおこんが聖右衛門と蔦助の茶菓を運んできて、

「おこん様、お加減はいかがですかな」

聖右衛門が病《や》み上がりのおこんの体を案じた。

「聖右衛門様、お蔭さまで、私ばかりか腹のやや子も一段と元気を取り戻したようで、日々力強くなっていくのが分かります」

「必ずやお二人の憂いを取り去って、おこん様がこの郷で元気な赤子を産めるようにいたしますでな、しばらく辛抱してくだされよ」

姥捨の郷の長老が言い切った。


霊山高野山金剛峯寺に向かう信仰の道は、大門口、不動坂口、大峰口など東西南北に七つあるとされ、

「高野七口」

と呼ばれた。

高野七口の一つに龍神口《りゆうじん》があった。熊野街道中辺路《なかへち》から龍神村を経て護摩壇山《ごまだんざん》下を抜け、花園村から大門に到着する、全長およそ十九里の街道だ。

そのとき、松平辰平と重富利次郎は、龍神街道の龍神温泉を見下ろす山の斜面に潜んでいた。

秋から冬へと季節が差しかかり、日没も早くなっていた。

日高川のせせらぎが二人の耳に響いてきて、腹が鳴った。

二人が紀ノ川沿いに隠れ里を探して外八葉の山並みに分け入ったのは、二十日以上も前のことと思われた。もはや利次郎にも辰平にも日にちの感覚が薄れて、日月を把握していなかった。だが、冬の到来が近いことを木枯らしが告げていた。となると二人の徒労の探索はひと月以上にも達したか。

龍神の湯に灯りが灯った。

上御殿、下御殿、龍神の湯と三つに分かれた里に灯りが入って、二人の胸に寂しさが募った。

「必ずやこの内八葉外八葉の山並みのどこかに隠れ里があり、若先生とおこん様が暮らしておられるはずだ」

「それがどうして辿り着けぬ」

「そこだ、利次郎。われらの探索の仕方が間違《まちご》うておるのやもしれぬ」

「辰平、隠れ里を探す前に和歌山藩の目付方に捕まるぞ」

「そいつはなんとしても避けねばならぬ」

と辰平が言い、

「この地を支配なされているのはたれだ」

「紀州徳川家の領内だ。和歌山藩であろう」

「では、なぜ和歌山藩も立ち入ることができぬ隠れ里があるのだ」

「それは知らぬ。だが、ご家中も確かに隠れ里があることを承知しながら、黙許しておられる」

「それはなぜだ」

辰平の重ねての問いかけに利次郎は顔を横に振った。

「この地は空海様が司る信仰の地だからではないか。高野山金剛峯寺は紀州徳川家の手厚い庇護を受けているようで、その実、空海様の慈悲に紀州和歌山藩が生かされておるのではないか。この二十日以上も霊気の籠る山を歩き廻《まわ》って感じたことだ」

「利次郎に言われればそうかもしれぬ」

「となれば、われらが目指す場所は高野山金剛峯寺の、空海様が入定しておられる奥之院御廟ではないか」

「御廟が隠れ里というか」

「いや、空海様が未だ支配する高野山がすべての表なれば、隠れ里は表たる金剛峯寺に接した陰にひっそりとあるのではないか。われらは高野山の中心たる奥之院にお参りして、空海様に隠れ里への道を願うのだ」

利次郎の言葉を辰平は吟味した。

「和歌山藩の目付方に身を晒《さら》すことになるぞ」

「致し方あるまい、最後の賭《か》けじゃ」

「やるか」

「それしか方策はない」

利次郎の決断に辰平も賛意を示した。

「腹が減った」

「里に下りよう」

辰平が利次郎を見た。

これまで内八葉外八葉の山上台地を経《へ》巡《めぐ》って和歌山藩目付方の追跡を晦《くら》ましてきたのは、利次郎が霧子から習った下忍雑賀衆の追跡から逃れる術を思い出して実行してきたからだ。

尚武館の稽古の合間に霧子が、

「人それぞれに匂いがあるわ。もしたれかから逃れるようなときがあったら、利次郎さん、匂いを消して進むのよ」

「霧子、おれは汗っかきだ。そりゃ無理だ」

「地べたに触れずに歩きなさい」

「おれは仙人でも天狗《てんぐ》様でもない。空など飛べるものか。それとも下忍雑賀衆は空を飛べるというか」

霧子が顔を横に振った。

「追跡者を撒く方法の一つは、大回りでも川筋を見つけて沢の水の中を進むことよ。利次郎さんの汗の匂いも残らないわ。あるいは汗の匂いを打ち消すほどの強い臭《にお》いに紛れて進むのよ。たとえば獣道を行くことも一つの方法ね」

「そのようなものか」

霧子からあれこれと聞いた追跡者から姿を晦ます方法のすべてを駆使して、高野山の周辺の山並みを逃げつつ、隠れ里を探してきた。

「利次郎、一つ提案があるがよいか」

「われら、尚武館の同門だぞ。なんの遠慮も要らぬ」

「明後日、空海様の御廟にお参りするのだ。今宵は旅籠《はたご》に泊まって湯に浸かり、身を清めて高野山に参らぬか」

しばし沈思していた利次郎が、

「考えてみれば岩屋に伏し、杣小屋を借りて過ごしてきた。屋根がある座敷などには寝泊まりしておらぬな。布団に寝るか。それもよかろう。路銀はほとんど使うておらぬでな」

と辰平の提案を受け入れた。

くんくん

と衣服の臭いを嗅《か》いだ辰平が、

「旅籠が泊めてくれようか」

「湯治宿には、われら武者修行のために野に伏し山に分け入って修行したで、かような姿になったと、正直申すしか手はあるまい」

「武者修行というならこれ以上の修行もないからな」

と言い合った二人は龍神の湯に向かって山を下り始めた。

二

霧子は和歌山藩目付方が必死で追う二人の若侍の動きに、訝《いぶか》しさと同時に不思議なものを感じていた。

この二人はまるで稚拙な方法で隠れ里を探し回り、和歌山藩目付方の追跡から逃げ回っていた。だが、それでも目付方が姿を捉えきれないのは、並み外れた行動力ゆえだった。

まるで霧子が生まれ育ち、忍びの術を叩き込まれた下忍雑賀衆と同様の体力と忍耐力を有していた。それに行方を晦ますとき、必ず川の流れを横切ったり、遡ったりして、臭いと痕跡を消していた。さらに、時に獣の糞《ふん》を逃走経路に撒いたりして、移動していた。

田沼意次の刺客雹田平は、唐人系図屋であり、異郷の忍び技を身につけた者と、これまでの経緯《いきさつ》から推測された。その配下の者なら、下忍雑賀衆の技と同等か、それ以上のものを身につけていよう。

だが、霧子には、技が残した痕跡から判断して、さほどの巧者とは思えなかった。

弥助と霧子は、姥捨の郷を雑賀衆の案内人に従って出たあと、二人だけの探索行に移った。

内八葉外八葉の山並みにある隠れ里、おそらく姥捨の郷に潜入しようという二人を追跡する藩目付方とまず遭遇した。だが、行商の印肉の仕替え屋に扮する弥助と霧子はあれこれと調べられたが、印肉の仕替え屋をしながら高野山金剛峯寺詣《もう》でをしたいと主張すると、なんとか解き放たれた。

そこでこの機を利用し、目付方に張り付くことで、姥捨の郷に潜入しようという二人を探そうと考えた。紀州領内、それも内八葉外八葉は目付方の縄張り内だ。地形をよく知り人脈も持っていた。

だが、二人の若侍は神出鬼没に、あるいはむやみやたらに、高野山山中から複雑な紀伊の渓谷を歩き廻り、追っ手を翻弄《ほんろう》した。藩目付方に従って二日、

「霧子、目付方を見張っても二人の影すら見えぬな」

と弥助が言い出し、藩目付方から離れて潜入者を追跡することにした。だが、この二人、意外にも機敏で動きを止めることなく動き回り、弥助と霧子をも誑《たぶら》かした。

そこで弥助と霧子は話し合い、二手に分かれて、姥捨の郷への潜入者が何者か探ることにした。そして、どうしてもその影を捕まえきれなければ、三日後に高野山金剛峯寺の奥之院で会う約束を取り決めた。

弥助は京、大坂から高野山に向かう三本の街道入口から、改めて探索を始めた。

一つは山城八幡から河内四条畷《かわちしじょうなわて》、八尾《やお》を経て高野山に向かう東高野街道であり、

二本目は和泉堺《いずみさかい》から河内長野で東高野街道と合流する西高野街道であり、三本目は摂津平野を起点にして西高野街道と合流する中高野街道である。この三つを総称して高野街道と呼んだ。

弥助は国境《くにざかい》の紀見《きみ》峠から高野街道に接する脇道《わきみち》を丹念に歩き、二人の影を探した。

何日も前、若い武者修行者の噂話を紀ノ川の船着場橋本で聞き込んだが、紀ノ川の対岸に渡ったのかどうか、忽然《こつぜん》と姿を消していた。

一方、霧子は高野山の南側の龍神街道を中心に、改めて二人の影を追った。するとつい二日前に、熊野本宮大社の西側小広《こひろ》峠の茶屋のお婆が二人の若者を見ていた。だが、話をしたわけでもなく、姥捨の郷に潜入しようという二人かどうか確かめられなかった。

明日の夕刻は、弥助と霧子が高野山金剛峯寺の奥之院で会う日だった。

霧子はこの日、日が暮れてから龍神村の丹生《にう》神社に辿り着いた。

本堂の床下で寒い一夜を過ごすことにした。

霧子はその日の昼間、熊野街道の飯屋で作ってもらった握り飯を食べて、床下に潜り込み、竹籠に用意した綿入れに包《くる》まって仮眠した。

霧子は夢を見た。

なんと利次郎の夢だった。でぶ軍鶏《しやも》と尚武館佐々木道場で呼ばれていた頃の、太った利次郎だった。

(なぜ昔の夢を見たの?)

霧子は寒さと夢を見た驚きに目を覚ました。

その瞬間、迂闊な自分に気が付いた。

隠れ里に潜入しようという若い武士とは重富利次郎ではないか。そして、連れの一人とは、高知の従兄弟《いとこ》が同道しているのではないか。

そう考えたとき、この二人が紀ノ川河口沖の紀伊水門《みなと》から高野山を目指してきたという経路が納得できた。紀伊水道を渡れば阿波だ。そして、阿波の隣は土佐の高知なのだ。

今一つ、若い武士が下忍雑賀衆の逃走の術を使っていることだ。

下忍雑賀衆にとって門外不出の技だった。だが、すでに霧子は下忍雑賀衆を離れていたし、下忍集団を率いた雑賀泰造と一味は滅び去っていた。

それでも一人を除いて、霧子は他人にこの技を伝えたことはない。一人とは利次郎だった。

（なんと、隠れ里に忍び込もうとしているのは利次郎さんと従兄弟か）

なんとしても和歌山藩目付方に捕縛《ほばく》させてはいけないと思った。

霧子は夜具を剝ぐと竹籠に入れ、弥助と再会を約した高野山に向かうことにした。

龍神村に入り、日高川に向かって信仰の道を下った。するとその途中で夜が明けてきた。

濃い朝靄《あさもや》が龍神温泉を覆っていた。

背に竹籠を負い、山歩きの娘のような形《なり》の霧子は、龍神の湯の下御殿に差しかかった。すると老婆が日高川の河原へ洗濯ものを抱えて下りようとしていた。

「おはようございます」

霧子の挨拶に目を細めて振り返った老婆が、

「この時節、なんじゃら忙しいのう」

と呟いた。

「お婆様、なんぞございましたか」

「ふうっ」

と小さな吐息をついた婆が、

「昨夜《ゆうべ》、武者修行とやらの若い侍が二人、うちに泊まった」

「えっ、侍の二人連れが」

霧子らが追う二人が旅籠に投宿するなど、初めてのことだった。

「今日、金剛峯寺奥之院にお参りして空海様の慈悲にふれるため身を清めたいと、一夜の宿を願ってな。この日高川でざっと体の汚れを落とした後、うちの湯で長いことかかり、体を洗ったぞ」

「それでどうなりました」

「さっぱりとした顔で食膳についた二人は、憑《つ》き物が落ちたような顔をしていたな」

「二人は宿帳に名を記しましたか」

「おまえさん、藩目付方の仲間か」

「そのようなものです」

霧子は身分を怪しまれないように答えた。

「ならば言うておこうか。今朝方二人が発った後、おまえさんの仲間の目付方がうちに訪ねてきてよ、二人のことをあれこれと訊いたで、もう金剛峯寺詣でに出たと答えた。致し方ないでな」

と自分の行動を言い訳した老婆が、

「おまえさんの仲間は若侍のあとを追って、龍神街道を護摩壇山に向かって走って行ってしもうたがな」

「私の仲間はどれほど前に」

「四半刻（三十分）前かのう。その四半刻前に利次郎さんらが行っておろうな」

「お婆様、今、なんと言われましたな。若い侍は利次郎という名にございますか」

「名しか知らぬ。飯の膳を前にして、利次郎、辰平と呼び合っていたな」

「辰平さんが」

霧子は茫然《ぼうぜん》とした。

利次郎のことは予測をつけていたが、連れは高知の従兄弟と思っていた。だが、相手はなんと松平辰平だった。

利次郎と辰平が二人して姥捨の郷を目指していた。

考えてみれば、磐音は名古屋と近江瀬田から、二人に宛てて近況を記した書状を出していた。二人が紀州和歌山領内の隠れ里を目指すのは、磐音の書状に触発されてのことではないか。それにしても、筑前福岡藩で修行していたはずの辰平がどのようにして利次郎と合流を果たしたか。

ともあれ利次郎と辰平の影を初めて摑んだ。

霧子は先を急ぐときだと思った。

「お婆様、助かりました」

「あの若侍、なんぞ悪さをなしたか。どうみても悪党の面ではなかったぞ」

老婆は二人の行動に同情を感じていたようで、藩目付の仲間と虚言を弄した霧子に言った。

「お婆様、安心なされませ。利次郎さんと辰平さんなら、けっして悪さなどなす人ではございませんよ」

「災難が降りかからぬといいがな」

と言う婆の言葉を背に聞くように霧子は走り出していた。

龍神の湯からおよそ一里、龍神街道は殿垣内《とのがい》で二股《ふたまた》に分かれた。右手を辿れば護摩壇山下を通り、左手を選べば城ケ森山下を抜けるが、その二筋に分かれた脇道は、笹ノ茶屋峠でまた本道の龍神街道と合流した。

多くの信徒が辿る高野街道は護摩壇山下を通る道だ。道標《みちしるべ》によれば距離もだいぶ短い。

藩目付方は二手に分かれたか、護摩壇山下の道筋を辿っているはずだ。

霧子は追われる二人の気持ちを考え、城ケ森山下に向かう道を選んだ。

すでに街道を冬の陽が照らし始めていた。

いつしか季節は秋から冬に移っていた。

霧子は背に負った竹籠をかたかたと鳴らしながら、利次郎と辰平のあとを追った。

二股道で分かれて一里半、霧子は歩みを止めて街道に耳をつけた。弾む息を鎮めて神経を集中した。すると三、四人が半里ほど前を走っている気配が感じられた。

獲物を追っている猟師のような切迫感が感じられた。

この三、四人の前を確かに利次郎と辰平が進んでいた。

霧子は利次郎をしっかりと捉えたと思った。

再び街道を走り出した。先行する和歌山藩の目付方との距離が縮まっていくのが分かった。

「うっ」

と霧子は足を止めた。

脇街道に火縄の匂いが微《かす》かに漂っていた。

藩目付方は領内の内八葉外八葉を奔放自在に動き回る二人を、鉄砲を使ってでも仕留める命《めい》を受けていた。

(なんとしても間を詰めたい)

霧子は逸《はや》る気持ちを抑えて、常に一定の早さを保つ下忍走りを続けた。

火縄の匂いを嗅いで四半刻後、さらに火縄の匂いが強くなった。

城ケ森峠に向かうと、坂道が蛇行して急勾配《こうばい》になっていた。先頭を行くと思える利次郎と辰平、そして、その後を追跡する藩目付方の間が縮まっている、と霧子は感じた。同時に霧子も二者との距離を確実に縮めていた。

峠の頂きを霧子は一気に走り抜けた。

下り坂に差しかかった途端、一丁半も下の岩場に人影が見えた。

三人の地役人に鉄砲方が一人、岩場に伏せて、鉄砲の狙いをつけようとしていた。

霧子は一瞬にして地形を読み取ると一気に峠道を駆け下ったが、竹籠の帯を両手でつかんで音を立てないように注意を払った。

鉄砲方が狙いを定める岩場の上、半丁ほど離れた場所にも大岩が突き出ているのを見てとった霧子は、一気に駆け下り、その岩場の下で竹籠を下ろした。

竹籠に手を突っ込んだ。

手にしたのは、くの字形に曲がった、樫の古木で作った飛び道具だ。

尾根道を進む最中、おこんの体調がすぐれず、杣小屋に数日滞在を余儀なくされた。

その折り、小屋で樫の古木を見つけた。それを見て、昔、下忍雑賀衆の世吉爺《せいきちじい》さんが手作りしていた飛び道具を思い出した。そこで古木を丹念に削り、鋭く空気を裂いて回転しながら飛ぶ武器を拵えていた。だが、この飛び道具を試す機会はなかった。

とりあえず霧子は飛び道具を手に岩場によじ登った。すると初めて、地役人に従う鉄砲方が狙う先に一瞬人影を見た。

紅葉した木の陰を走っていた。

(あれは利次郎さんか、辰平さんか)

木立に塞がれた中、ぽっかりと街道が開けているところが見えた。鉄砲方はこの道を抜ける二人を狙っているのだ。

霧子は岩場にすっくと立った。

呼吸を整え、くの字形に削り込んだ飛び道具の一端を摑み、鉄砲方の伏せた体に向けると、前後に何度か往復させて狙いを定めた。
はっ
無音の気合いを発した霧子の腕が大きくしなり、手を離れた飛び道具が、
くるくるくる
と回転しながら虚空に大きな円を描き、半丁先にいる地役人の一人の背を急襲した。
「あっ!」
と悲鳴を上げた藩目付方が、岩場に伏せた鉄砲方の体の上に倒れ込んだため、その拍子に指先に力が入り、引き金が引かれた。
ずどーん
という銃声が響く間に、飛び道具は勢いを失いつつも、
くるりくるり
と回って霧子の手元に戻ってきた。
霧子は見ていた。
二つの人影が開けた街道を脱兎《だっと》の如く走り抜け、重なり合った葉群《はむら》の下に駆け

込んで消えたのを。

この日磬音は、三婆様と姥捨の郷の長老である年神様の許しを得て、鷹次少年を道案内に郷を出て、高野山金剛峯寺に詣でることにした。

おこんの体調が安定して心配はないという郷の産婆や祈禱師の診立《みた》てを聞いて、磬音は決断したのだ。

「おこん、この郷に一人になるがよいか」

「磬音様、私は一人ではございません。お清様をはじめ、郷の方々がおられます。なにがあろうと心強いかぎりです」

「そうであったな」

「磬音様、これほど私の心が平静なのは、江戸を出て初めてのことにございます。それもこれも姥捨の郷の衆のお蔭、さらには弘法大師空海様のお慈悲のお蔭かと存じます」

大きく頷いた磬音が、

「おこん、この姥捨の郷で子を生《な》すわれらがこと、空海様にお許しをもろうて参る」

「やや子の分もどうかお参りしてくださいまし」

「相分かった」

姥捨の郷を流れる川伝いに、鷹次の案内で下って行った。

途中、何度も二人の行く手を滝が阻んだが、鷹次は巧妙に滝の裏側に回り込み、滝すだれを内側から見ながら、手掘りされた岩棚の細い道を抜け、滝の下に出たり、豊かな水を幾筋も集めた沢では水の下に張られた鉄鎖を摑みながら流れを渡ったりして進んだ。

すでに二人は姥捨の郷の外に出ていた。

冬の陽射しが沢に射し込み、刻限を教えてくれた。

「磐音様、昼飯にしねえか。龍神街道に出るのは今日の夕刻だぞ」

「ならば腹拵えをしておこうか」

二人は緩やかな滝の上の岩場に座し、おこんが拵えてくれた、菜の花漬けを刻み込んだ握り飯を竹の皮から出した。

「この握りは変わっておるぞ」

と鷹次が呟いた。

「ほう、どう変わっておるな」

「姥捨の郷の握り飯は大きゅうて、どんなときも一つだけだ。そいつを齧《かじ》りながら旅をするんだ」

鷹次は答えると、がぶりとおこんの握り飯にかぶりつき、

「おおっ、これは美味《うま》いぞ」

と大きく首を縦に振った。

「そなたの言葉、おこんが知れば喜ぼう」

「磐音様、江戸とはどんなところだ」

と鷹次が訊いたとき、磐音は滝下に人影が現れたのを見た。

磐音は鷹次を驚かさないように静かに滝下を指差し、異変を教えた。さすが鷹次は雑賀衆の子だ。磐音の意図を悟り、指差す方角を黙って見た。

「和歌山藩の地役人の見回りだ」

握り飯を手に鷹次が呟き、姿勢を低くした。

磐音も岩場に伏せ、和歌山藩地役人の見回りの動きを窺った。

野袴《のばかま》に野羽織を着込んだ地役人は三人だったが、しばらく間をおいてもう一つ人影が姿を見せた。

遠目にもそれは和歌山藩の家臣ではなく、浪々の武芸者が藩に雇われたという

様子だった。紀伊藩領内に潜入し、隠れ里に向かおうとする二人の若侍を追う手勢の一人か。いや、地役人と武芸者は連れではないのか。

四人は流れの縁の岩場で向き合うように立っていたが、不意に口論を始めた気配がした。だが、声高に言い合う声も滝音に消され、磐音たちのいる滝上までは聞こえなかった。

見回りの地役人の一人が、手にしていた槍《やり》の穂先を武芸者に突き付けた。すると武芸者が、

くるり

と穂先に背を向け、一行から立ち去る気配を見せた。槍を持つ地役人がつい油断をした。

武芸者は再び役人三人に向き直ると、手を翻《ひるがえ》して腰から豪剣を引き抜き、立ち竦む三人を次々に斬り斃した。

腰が据わった斬撃《ざんげき》で、非情極まりない殺人剣だった。

「磐音様」

と鷹次が呟いた。

「騒ぐでない」

二人が滝上から見ているとも知らず、武芸者は斬り斃した役人らの懐から次々に財布を抜き取り、銭だけを掴むと財布を流れに投げ込み、さらに三人の骸《むくろ》を岩場から流れに足で蹴《け》り込んだ。

恐るべき武芸者だった、憎むべき殺人者だった。その者が磬音を承知していようとは知る由《よし》もない。ただその風貌《ふうぼう》と斬撃をしっかりと脳裏に刻みつけた。

三

重富利次郎と松平辰平は、龍神街道を北に向かって逃げていた。

箕《みの》峠を越え、新子《あたらし》村が見える坂道に差しかかったあたりで、ようやく走りを止めた。

「ふうふうっふーう」

と二人は荒い息を鎮めるために深呼吸を繰り返した。

「利次郎、驚いたぞ。和歌山藩の地役人め、われらを鉄砲で仕留めようとしたぞ」

「われら、紀ノ川河口沖の紀伊水門から領内に上陸して以来、すでにひと月近く内八葉外八葉をうろついておるでな。藩でも胡乱《うろん》な奴として、なんとしても捕まえたいのであろう。それにしても鉄砲とはな」

「早く隠れ里を見つけて磐音様方と合流せねば、われら和歌山藩の捕り方の縄目の恥を受けることになるぞ」

「隠れ里の気配がしたかと思うといつの間にか遠くに消え去って、隠れ里がわれらをからかっておるようだ」

「まさか利次郎、隠れ里とは、天空か、この山中を自在に動き回っているのではあるまいな」

「辰平、いくらなんでも隠れ里なるものが、内八葉外八葉の山並みを動き回るものか。われら、なんぞ見逃しておるのだ。隠れ里の入口に必ずやあるはずの道標をな」

「利次郎、右隠れ里、左新子村とでも刻まれた石の道標があると言うか」

「いや、雑賀衆だけに分かる、われらの目に見えぬ道標だ」

「目に見えぬ道標をどうして探す」

「心眼かのう」

と利次郎は首を捻《ひね》った。

二人はしばらく黙したまま新子村を通過し、空海の時代から高野山の堂舎を飾る樒《しきみ》を送り続けてきた花園村へと向かった。

「辰平、鉄砲の音じゃが、えらく慌てて引き金を引いた感じではなかったか」

「おれも思うた。たれぞが撃ち方の邪魔をして、われらの危難を救うてくれたような気がした」

「そなたもか」

と考えに落ちた利次郎が、

「われら、なにやら知らぬが、金魚の糞のように敵から味方まで数多《あまた》の者を従えていると思わぬか。ともあれ、和歌山藩を騒がせていることだけは確かなようだ」

と言い、辰平が足を緩めて後ろを振り返った。

「またたれぞが背後から尾行してくるような気がする」

「われらが高野山奥之院に向かうことを気にかける者たちがいるぞ。行き着く前に捕まっては、若先生とおこん様に会えぬぞ」

「弥助さんと霧子はどうしておるかのう」

と辰平が呟いた。

「辰平、他人の力を借りてなど隠れ里が見つかるものか。われら、自力でこの困難を脱するしかないぞ」

「いかにも」

と辰平が答えたとき、龍神街道から右手に分かれ道が出ていた。道標に、

「是ノ先清浄心院《しょうじょうしんいん》三里半」

とあった。

「清浄心院とは金剛峯寺の寺の一つかな」

「道は北に向かっておるのだ。まず間違いあるまい」

「街道を外すか」

二人は阿吽の呼吸で、清浄心院と示された脇道に走り込んだ。どうやら龍神街道と並行して高野山に向かっていることは確かだった。分かれ道から数丁行ったところで辰平の草鞋《わらじ》の紐が切れた。

「ちょっと待ってくれ」

と辰平が腰に下げた替え草鞋に履き替えるのを見た利次郎も、古草鞋を脱ぎ捨て、新しい草鞋に履き替えた。

「辰平、小細工が通じる相手かどうかは知らぬ。この森を突っ切り龍神街道に戻

らぬか」

利次郎が、脇道の真ん中に履き古した草鞋をぽーんと投げた。それを見た辰平も意図を悟り、紐が切れた草鞋を投げると、二人は清浄心院への道を外れて森の中に駆け込んだ。


この日の夕暮れ、辰平と利次郎は内八葉の峯の一つから、壇上伽藍《だんじょうがらん》を見下ろす斜面に立っていた。

この広大にして鬱蒼《うっそう》とした原生林に囲まれた高野十谷の中に、百を数えようという堂宇が散り、あたかも高野山が曼荼羅の世界を再現しているかのような思いを、見る人に起こさせた。

辰平と利次郎の右手に、空海の住坊とされた御影堂《みえどう》、内陣の中央に本尊の胎蔵《たいぞう》大日如来《だいにちにょらい》坐像が鎮座する根本大塔《こんぽんだいとう》などの甍《いらか》が望めた。

奥之院に向かう参道の両脇には、無数の宿坊が軒を連ねていた。

「高野山に着いたぞ」

「利次郎、奥之院は右手の奥じゃな」

「間違いなかろう。じゃが、これから進めば、奥之院に辿り着く頃には夜になっておろうな」

「隠れ里を探すにはよい刻限と思わぬか」

と辰平が言いかけ、

「利次郎、そろそろ金魚の糞をなんとかせねば、隠れ里まで連れていくことになるぞ」

「おれもそのことを思い悩んでおる」

「高野山金剛峯寺の地を血で穢《けが》してはなるまい」

辰平の言葉に利次郎が大きく頷き、

「まずは最後の腹拵えじゃぞ」

その朝、龍神村の湯治宿のお婆に握ってもらった握り飯を、山牛蒡《やまごぼう》の古漬けを菜にゆっくりと咀嚼《そしやく》しながら食べた。

「なんぞ考えが浮かんだか、辰平」

「奥之院詣でには杖が要ろう」

「要るな」

「奥之院詣でを無事済まされた信徒が杖を納めるところはないか」

「いいところに気付いた。ならば大門付近を探せば、金剛杖の二本くらいなんとか見付かろうぞ」

よし、と言い合った二人は行動を再開した。

その刻限、鷹次を道案内に高野山金剛峯寺詣でに向かった磬音は、姥捨の郷の雑賀衆がお参りする折りに世話になる宿坊、隠禅院に到着し、まず本堂にお参りして、何がしか銭を寄進した。その様子を見た修行僧の一人が、磬音と鷹次に湯に入り、身を清めるように勧めた。

「頂戴いたします」

合掌で応じた磬音は、鷹次の体をかけ湯で洗い、自らも旅塵を落として一日の山歩き谷下りの汚れを清めると、湯船に浸かった。

「鷹次、そなたが案内をしてくれなんだら、一日で高野山に辿り着くことなどできはせなんだ。礼を申す」

「磬音様よ、おれは雑賀衆の者だ。こんなことは朝飯前、慣れていらあ」

「そうであろう。年神様や三婆様の教えを守り、立派な雑賀衆になられよ」

「姥捨の郷ではな、男衆は十六になれば外に出されて身過ぎ世過ぎを覚え、郷に給金を送らねばならない。おれも再来年は郷を出る」

「鷹次の奉公先はどちらか決まっておるのか」

「雑賀衆は、和歌山藩に奉公する者は少ない。摂津大坂や京に出て奉公する」

「鷹次は商人《あきんど》奉公か、それとも職人修業か」

「迷うておる」

「なにを迷うな」

「磐音様、おれは霧子さんのように磐音様の下で武術修行がしたい。武術修行は雑賀衆の本業じゃ」

と鷹次が言い切った。

「鉄砲集団として天下にその名を轟《とどろ》かせた雑賀衆が先祖の鷹次ゆえ、血が騒ぐのは分からぬではない」

「ならば弟子にしてくれ」

といきなり鷹次が磐音に掛け合った。

「そなた、われらがことを承知か」

「年神様に聞いた」

「ならば老中田沼様の刺客に追われて逃げ惑うそれがしが弟子を持てる身分かどうか、判断がつこう」

「磐音様、江戸に戻り、道場をまた始められたときでよい。年神様や三婆様に願うて許しを貰う。それから江戸に出る」

「長老衆の許しがなければ、それがしもなんとも答えられぬ」

「必ず許しを貰う。それが雑賀衆の男がなすべき決まりだからな」

磐音は頷いた。

「われらが江戸にて新たな道を始められる時がくれば、わが門弟として剣術修行することを差し許す」

「約束だぞ、磐音様」

二人は湯の中で指切りをした。


夕餉の膳が、すでに座敷に用意されていた。五法、五色、五味を守った精進料理であった。

「磐音様、おれ、宿坊に泊まるのは初めてだ。それに、一人前に膳を貰うて食うたことなどない」

霧次が、季節の野菜を上手に取り入れた膳に目を瞠《みは》っていた。

「よい機会を空海様が授けられたのじゃ」

梵語《ぼんご》を起源に持つ精進とは、

「仏道修行に励む」

ことを意味するそうな。

高野山でも五戒を守った精進料理で高野山詣での人々を持て成し、詣でる人もまた夕餉を食することで、万物に感謝する気持ちを覚え、食礼作法を習った。この地では食べることも修行の一つなのだ。

磬音と鷹次は、胡麻《ごま》豆腐が主菜の振る舞い料理にまず合掌してその日の恵みを感謝し、箸《はし》を取った。


利次郎と辰平は金剛杖を手に険しい林の斜面を這《は》い上がり、参道に戻った。

常夜灯のぼんやりとした灯りが参道を照らしていた。

二人が這い出た参道の反対側には、小さな一石五輪塔《いっせきごりんとう》や高さ一丈を超える大名墓まで林立していた。

二人が出たところは一之橋の近くで、この参道が半里も続き、その先に、弘法大師空海の御廟の奥之院があった。

「利次郎、行くぞ」

辰平の言葉に無言で頷いた利次郎は、金剛杖を小脇に参道を進んだ。するとすぐに背後から人の気配が迫る様子があった。

「利次郎、誘《おび》き出されたぞ」

「藩の目付方じゃな」

「われらが和歌山藩になにをなしたというのだ。そう目の敵《かたき》にせんでよかろう」

言い合った二人は、素知らぬ体《てい》で灯籠堂へと進んだ。

一之橋を見下ろす杉の大木の太枝が何本か枝分かれして、参道に差しかかっていた。その枝の上に一人の男が蹲《うずくま》り、大木の一部と化していた。その影がそろりと動き、

「おやおや、なんと痩せ軍鶏とでぶ軍鶏が連れだって、夜の高野山詣でじゃぞ。これは驚いた」

と呟いた弥助の声だが、さほど驚いたふうもない。

弥助は、内八葉外八葉の山並みと高野十谷に潜む隠れ里を探す若侍の行方を追った。が、この山と谷に慣れぬこともあって、なかなか二人の足跡を見つけることができなかった。そこで弥助は高野山の奥之院に向かう者が必ず通ると目星をつけた一之橋に陣取り、二人の若侍を待っていた。

二人の若侍も隠れ里を見つけられず難儀していた。ならば最後に辿り着く先が金剛峯寺奥之院ではないかと思い付き、網を張っていたのだ。

だが、網にかかった二人が尚武館佐々木道場の若い門弟であったとは、いささか意表を衝かれた。

考えてみれば、磐音が江戸を離れて書状を書き送った数少ない相手が辰平と利次郎だった。むろん磐音が修行中の二人を呼び寄せるわけもない。弟分のような門弟に近況を伝えただけだろう。

二人が動いたとしたら……弥助の推測はこうだった。

筑前福岡にいた辰平が土佐の高知に利次郎を訪ね、二人して誘い合わせて隠れ里の探索行に出た。二人が紀ノ川河口沖の紀伊水門から和歌山領内に上陸した事実が、それを教えていた。

紀伊水道の向こうは土佐高知領内と隣接した阿波だ。

辰平と利次郎の足が止まった。

前方にも待ち受ける人の気配があった。挟み撃ちにするつもりか、後ろの追っ手が動き、一気に迫ってきた。

提灯《ちょうちん》の灯りが二人の姿を浮かび上がらせた。

「高野山は和歌山藩のご領内である。怪しげな振る舞いは許さぬ。神妙にいたせ！」

警告の声が一之橋に響き、

どどっ

と捕り方が利次郎と辰平に迫った。二人が想像したよりも数が多く、二十人はいそうだった。

「叩き伏せて奥之院に走ろうか」

「承知した」

二人が言い合うところに、六尺棒が次々に投げられた。

辰平と利次郎は、飛来する六尺棒を金剛杖で払い、叩き、弾き飛ばした。

「それっ、一気に囲め！」

目付方与力か、配下を鼓舞した。

長十手、刺股《さすまた》、突棒《つくぼう》などを揃えて二人に襲いかかってきた。

二人は金剛杖で応戦しつつ、捕り方の足を払い、突き飛ばし、殴りつけて撃退しようとした。だが、多勢に無勢、だんだんと包囲網を狭められてきた。

「そろそろわっしの出番かえ」

弥助が老杉《ろうさん》の枝の上で考えたとき、捕り方の一角に動揺が走った。

ぶうーん
という音が夜空に響いた。

弥助は見た。

くの字形と思える奇妙な飛び道具が、不気味な音を上げて捕り方に襲いかかり、頭や肩口を叩いてその場に転がした。尾根歩きの道中、霧子が手造りしていた道具だった。その飛び道具が弧を描いてどこかへ消えた。

一気に捕り方の攻勢が鈍った。

利次郎と辰平が勢いを取り戻した。

「よし、押し戻せ」

と言うところに再び飛び道具が飛来して、捕り方を総崩れにして退却させた。

「よし、追え。われらの後を追えぬよう、もう少し懲らしめておこうか」

と辰平が勇んで言い、利次郎が頷いた。

二人が金剛杖を振りかざして走り出すところに人影が飛び出し、両手を上げて制止した。

捕り方が残していった御用提灯の灯りに、真っ黒に墨を塗った顔が浮かんだ。

「利次郎さん、辰平さん、深追いはやめなさい」

「な、なんだ。そ、そなたは」

「利次郎さん、私の声が分からないの」

「霧子か」

「さんざん苦労をかけて。弥助様と二人、十日あまりも探し回ったのよ」

「われら、隠れ里が見つけられんでな、最後に弘法大師様にお願いしようと、夜の奥之院詣でに来たのだ」

利次郎が答え、辰平が、

「霧子、若先生とおこん様は息災か」

「おこん様に、もうすぐやや子が生まれるわ」

「会いたいぞ、お二人に」

「なら、捕り方が態勢を立て直す前に高野山から消えることね」

待て、霧子、と願った利次郎が奥之院に向かって合掌し、辰平も真似た。そして、三人の若者は一之橋から姿を消した。

「年寄りの出番はなかったな」

弥助は苦笑いすると、杉の大木から若猿のように滑り下りた。

霧子と再会を果たした利次郎、辰平の三人を追って、弥助が高野山奥之院の入口、一之橋に聳える杉の古木からおりて一刻半《いっときはん》（三時間）後、鷹次に案内された磬音が姿を見せた。

四

磬音は、一之橋付近に漂い残る騒ぎのあとを五感にぴりぴりと感じ取った。

一之橋から半里、弘法大師空海の御廟まで森厳にして静謐《せいひつ》な気が漂っているはずだ。その気を乱した者たちがいた。それもつい最前のことと思えた。

そのようなことを考えながらも磬音は、一之橋から参道へと足を踏み入れた。

鷹次が持つ提灯の灯りが磬音の足元を照らす。戸を閉めた陀羅尼助《だらにすけ》や高野槇《こうやまき》を商う店が数軒続き、すぐに途切れた。

参道の左右には、大人が数人でようやく抱えられるほどの杉の大木が聳え、その下には武田信玄公ら戦国武将、また法然《ほうねん》、親鸞《しんらん》など数えきれない墓石や供養塔が並んでいた。

大日如来の印を結び、弥勒菩薩の名号《みょうごう》を唱え続けて十日目に入定した空海を見

習い、磐音は参道を進みながら印を結び、空海の別名の、

「南無大師遍照金剛《へんじようこんごう》」

を口の中で誦《ず》しながら進んだ。

空海が入定したのは、承和二年（八三五）三月二十一日の早暁であった。

磐音は九百四十四年後にその足跡を辿っていた。

冷たいものが磐音の頰《ほお》を撫《な》でた。

「磐音様、初雪じゃ」

と鷹次が呟いた。

磐音はただ頷いたのみで、名号を唱え続けながら参道を進んだ。

未明の闇《やみ》が消え去ろうという刻限、この世に光が戻ってくる直前に、漆黒の闇が高野山を包んだ。

その漆黒の闇の中、提灯の灯りを頼りに、磐音と鷹次は奥之院の最深部にある弘法大師御廟に辿り着いた。

御廟前には絶えることなく灯明が灯されていた。それを見た鷹次が提灯の火を吹き消した。

磐音は御廟を望む門前に座すと、大日如来の印を改めて結び直し、瞑想すると、

弥勒菩薩の名号と弘法大師の名を唱え続けた。

磬音は、真言密教を唱えた弘法大師空海の教えを理解しているとはいえなかった。

ただ、体で印を結び、口で弥勒菩薩の名号や南無大師遍照金剛を唱え、心の中で仏を想い描きつつ時を過ごした。

安息に満ちた時がどれほど流れた頃か。

磬音の無心な脳裏を掻き乱す者が接近してきた。

「家基様、養父《ちち》玲圓様、養母《はは》おえい様、安らかにお眠りくだされ」

と最後に願った磬音はその場にすっくと立ち上がった。

高野山奥之院を白い雪が覆い始めていた。

そんな中、清浄な霊気を乱して御廟に接近する影を鷹次は見ていた。

姥捨の郷を抜ける川の道の滝で地役人三人を斬殺し、流れに蹴り込んだ武芸者だった。

磬音が無言で待ち受ける間に、武芸者は距離を詰めてきて歩みを止めた。

しばらく法灯の灯りで互いを確かめ合っていた。

「直心影流尚武館佐々木道場坂崎磬音じゃな」

「雹田平に雇われた刺客か」

「刺客とな、平賀唯助義勝《ひらがただすけよしかつ》、他人に雇われて刀を振るうほど落ちぶれてはおらぬ」

と即座に否定した平賀は、あの日、刈谷宿の称名寺《しょうみょうじ》本堂の床下に高熱のために寝込んでいた時のことを思い出していた。

頭上から漏れ伝わる奇怪な話に耳をそばだてていると、訪問者は住職涼念《りょうねん》に、

「江戸神保小路佐々木磐音とこん」

と名乗ったのだ。

江戸で高名な直心影流尚武館佐々木道場の跡継ぎだった人物が床板一枚上にいた。

その者が養父佐々木玲圓と養母の遺髪を持って寺を訪ねた理由は、今を時めく老中田沼意次との戦いに敗れての末のことだった。

平賀は即座に話以上の謎が隠されていると感じとった。老中の田沼と佐々木家の確執の中に世に出るきっかけが隠されていることを知った。称名寺住職の忠言で佐々木磐音から坂崎磐音に戻った男を斃せば、餓狼のように街道をさ迷う暮らしが終わる。

この者の相手は田沼意次なのだ。

(さてどうしたものか)

高熱では身一つ動かせなかった。餓えに苛《さいな》まれて百姓家に忍び込み、鶏を盗んで羽をむしりとり生肉を食らった。ために激しい嘔吐と下痢と熱を招き、称名寺の床下に転がり込んで身動きとれないでいた。病のせいで生気は失《う》せていた、ためにて床上の人物に悟られることはなかった。

なぜか聴覚だけが鋭敏になっていた。

夫婦が辞去する様子を見ようと床下を這いずって場所を変えた。すると御小姓組二ノ組組頭陣内城吉宗世《じんないじようきちむねよ》なるものが坂崎磐音の前に立ち塞がったのだ。決死の覚悟の陣内城吉との戦いは、必殺の振り下ろしに対して、後《ご》の先《せん》で喉元を抉《えぐ》った坂崎磐音が鮮やかな勝ちを得ていた。

(剣客坂崎磐音、おもしろや)

武芸者としての好奇心が湧いた。

いつの日か必ずや勝負を決せん、と思った。それにはまず体力を回復させることだ。称名寺の床下にさらに四日ほど転がって生死の境をさまよった末に、平賀唯助は、坂崎磐音の姿を探そうとしたがすでに刈谷を立ち去っていた。

どこに姿を消したか、当てがなかった。しまった、と思ったがどうにもならない。

だが、あれからおよそ半年後の昨日、偶然にも小僧を道案内にして高野山奥之院に向かう坂崎磐音を見かけたのだ。平賀唯助が高野山の奥之院詣でをしたのは菩提心があってのことではない。ただ足の向くまま気の向くまま、紀伊領内に迷い込んでのことだった。

（未だ天はわれを見捨てずや）

この時ばかりは高野山詣での功徳に感謝した。坂崎磐音を斃して江戸に走り、田沼屋敷に駆け込めば、金も出世も望み次第と思えた。

「ほう、それはまた立派な言を」

「蔑むや」

「経緯《いきさつ》は知らぬが、和歌山藩の地役人三人を殺《あや》め、懐の銭を盗む者の言葉とは思えぬ」

「ほう、あの所業を見ておったか。死人は三途《さんず》の川の渡し賃さえあれば他に使い道もなかろう」

平賀もまた坂崎磬音に己の悪事を見られていたとは、不思議な因縁を感じた。

「その銭、残したか」

「ふっふっふ」

という笑いが答えだった。

鮫皮《さめかわ》の柄《つか》に手をかけた相手がそろりと重《かさ》ねの厚い剣を抜いた。

「鷹次、それがしの後ろに回れ」

雑賀衆の少年を背後に庇《かば》った。

鷹次がそろりと身を移した気配がした。

磬音は心の中で、御廟前を穢す行為を弘法大師空海へ詫びた。

「流儀はいかに」

「わしにとり、世に蔓延《はびこ》る流儀など無用。敢《あ》えていうなら平賀無頼流」

「拝見しよう」

磬音も備前包平《かねひら》を抜くと正眼に構えた。

平賀は高野山の明け始めた空を衝くように、豪剣の切っ先を垂直に突き上げた。

間合いは一間半余。

鷹次がわずかに、平賀の動きが見える位置に移動した。

だが、対峙《たいじ》する二人の思念の外のことだった。

鬱蒼たる杉の古木の間から鈍い朝の光が広がってきた。

奥之院付近は、すでに白一色に包まれ始めていた。

対決する二人は微動だにしない。

平賀は剛直にして巌《いわお》のように動じない。だが、構えには残忍非情の斬撃が漂い、対決する相手を怯えさせた。

だが磐音は、春先の縁側で日向ぼっこをする年寄り猫を想起させるような長閑《のどか》な構えだ。

ざっざっざ
と奥之院御廟前で草履《ぞうり》が玉砂利を踏む音が響いた。

入定した空海のために一日二度の御膳が運ばれる音だった。

空から舞い落ちる雪のひとひらが平賀の豪剣の切っ先に止まった。

その瞬間、平賀が動いた。

つ、つつつ
と間合いを詰めると同時に、垂直に保たれていた豪剣が背に付くほど後ろに下ろされ、すぐに反転して前方へと振られた。

猿臂《えんぴ》を伸ばして手首の返しで振り下ろされる、必殺の切り落としだった。
磐音はその動きを感じとった後、
ふわり
と相手の刃《やいば》の下に身を入れた。
「磐音様」
と鷹次が思わず叫んだ。
どすーん
という世界を両断するような打撃が磐音の脳天を襲ったが、磐音は正眼の剣を平賀の喉元に伸ばした。
後《ご》の先《せん》。
磐音の反撃が寸毫《すんごう》早く決まり、
ぱあっ
と血飛沫《ちしぶき》が清浄の聖域に散って雪を染めた。
平賀の鍛え上げられた体が竦み、
そろり
と磐音の体は春風が吹き抜けるように平賀の横手に流れ滑った。

鷹次は見ていた。
磐音の包平が斜めに振り上げられて、しばしその構えのままにいることを。
そして、その背で、
ゆらり
と平賀の体が揺れて、
どさり
と杉の老木が朽ち果てて倒れるように、平賀唯助が前のめりに倒れていったことを。
（磐音様）
残心《ざんしん》の構えにあった磐音の包平がゆっくりと下ろされた。
剣術における残心とは、打ち合った後、敵方の反撃に備えた心の構えをいった。だが、磐音のそれは、弓術で矢を放った後、矢の反応にこたえる不動の構えに似ていた。
勝負が決した後、磐音が好んで保つ時の流れだった。それが自然に残心の構えを取らせ、刹那、相手の菩提《ぼだい》を弔っていた。
磐音は平賀唯助がなぜ磐音の名を知り、行く手に立ち塞がったか知らないまま、武芸者の勝負として尋常に戦い、勝ちを得た。それだけの因縁だった。称名寺の床下で佐々木家の謎に触れた平賀唯助は野望をかたちにする前に死んだ。これもまた武芸者の出会いであり、勝負だった。

「鷹次、奥之院庫裏《くり》にそれがしを案内してくれぬか。平賀どのの始末を願いたいでな」

と鷹次に話しかける声はすでに平静だった。

江戸米沢町の両替商今津屋では、奥座敷で主《あるじ》の吉右衛門とお佐紀、そして老分番頭の由蔵が、尾張名古屋の尾州茶屋中島家から届いた書状を前に重苦しい時を過ごしていた。

「おこん様は、大きなお腹を抱えてどこに行かれたのでしょう」

「お佐紀、坂崎様が田沼一派の刺客の裏をかくためにお考えになった行動です。どこかにひっそりと身を潜めて、おこんさんがやや子を産むことを考えておられるのです。それに間違いございません」

と吉右衛門が言い切った。

「旦那様、私は京の茶屋本家を頼ったほうが安心かと思うのですがな」

「老分さん、名古屋では、分家の茶屋中島家に世話になった坂崎様方です。次に頼るところがあるとしたら、京の本家とたれもが考えること。坂崎様はその裏をかかれたのです」

「上方も冬の寒さは厳しゅうございますからな」

「おこんさんはうちで奉公した女です。厳しい時に耐えて、きっと元気な跡継ぎを産んでくれますよ」

吉右衛門が自らを得心させるように言った。


雑賀衆姥捨の郷に重富利次郎と松平辰平の逗留が許されてひと月が過ぎた。

季節は確実に冬へと移り変わり、内八葉外八葉の隠れ里は厳しい季節を迎えていた。

おこんの腹はさらに大きくなり、いつお蚕屋敷に入っても不思議ではないように腹のやや子が成長していた。

磐音は二人の門弟と喜びの再会を果たした後、剣術修行のいつもの日々を取り戻していた。

高野山金剛峯寺から磐音と鷹次が姥捨の郷に戻ってきた翌朝、磐音は辰平と利次郎を雑賀道場に連れていった。

屋根だけの道場の周りは雪一色だった。

「磐音様、こたびこのお二人が隠れ里を見つけんとひと月以上も内八葉外八葉を歩き回り、それでも見つけきれずに弘法大師の慈悲にすがろうとした事実は、図らずも、姥捨の郷が和歌山藩の眼から逃れるにも、余所者の好奇心を拒むにも十分な地にあることを改めて思い知らされました。われらが先祖の知恵を、この思円有難く思うております」

雑賀寺の思円和尚が磐音に言ったものだ。

「利次郎どのと辰平どのがこたびの行動でなした功かのう」

と磐音が笑った。

「和尚、それがしが保証いたします。この姥捨の郷、鉄壁の隠れ里にございます」

と利次郎が答え、辰平が、

「若先生、それがし、若先生とおこん様が江戸に戻られるまで、たれになんと言われようと離れることはありません」

と宣言した。

「最初、おこんと二人だけで流浪の旅をする心づもりであった。その後、思いがけずに霧子が加わり、弥助どのまで合流なされた。大名道中のようになったが、どれほど心強いことか。それにしても、それがしは一介の武芸修行者にすぎぬ。この二人の他に加えてそなたらまで養えるかのう」

　磐音が半ば真剣に半ば冗談に呟いた。

「若先生、辰平もそれがしも大食いの時代は過ぎましたゆえ、食い扶持《ぶち》はそう要りませぬ」

「そうかのう。そなたらが参って急に米の減りが早くなったと、霧子から聞いたがな」

　と磐音が苦笑いし、

「辰平どの、利次郎どの、わが旅に加わってよいかどうか、試しをなして合格せねば合流は許されぬ」

「えっ、そのような決まりがございますので。われら、海を渡り、お遍路道を歩き、紀州の山の中をひと月以上もさ迷い、ようやく若先生やおこん様に再会できたと思うたら、試しにございますか」

　と辰平が恨めしそうに言い、

「若先生、試しとはなんでございますな」

と訊いた。

「利次郎どの、辰平どの、われら一様に、直心影流尚武館佐々木道場佐々木玲圓師の弟子であった。となれば、試しとは剣術の他にあるまい。そなたらが、高知城下、筑前福岡の地で修行した成果を見たい」

「やはりそうか」

と利次郎が呟き、

「辰平、どちらが先に若先生の試しを受けるな」

「武者修行に出たのはそれがしが先だ。物事すべて新参の者からと決まっておる。利次郎、そなたが先に受けよ。それがしは後から試しを願う」

と二人が話し合い、決まった。

「二人に申しておく。試しである以上、前もって合否の基準を決めておこうか。まず一本、それがしから取ったものは合格といたす」

「若先生から一本か。まず天地が逆さまになっても難しかろう」

と利次郎が嘆息した。

「利次郎どの、初めから勝負を決めてかかっては、壁はいつまでも乗り越えられぬ。自ら限界を設けぬことが、すべての技芸上達の秘訣《ひけつ》じゃぞ」

「そうは申されますが、困ったな」

と辰平が思案するように首を傾げた。

「試しゆえ、それがしも力は抜かぬ。そなたらが一本それがしから取ることができぬとも、四半刻後、竹刀を握り、この道場に立っておるなら、試しは合格といたす」

「よし」

「力いっぱい若先生に挑んでみせるぞ」

と二人の若武者が頷き、まず利次郎が磐音の前に立った。

磐音は久しぶりに利次郎と竹刀を構え合い、まず構えがどっしりと安定したことを感じた。

「利次郎どの、高知でたっぷりと汗をかかれたな」

「はっ、若先生、それがしの精進ぶり、お分かりいただけましたか。ならば試しはこれにて」

「ならぬ。力の限り攻めなされ」

磐音の言葉にさすがの利次郎も覚悟を決めたか、中段に竹刀を置いたまま短く瞑想した。そして、両眼を見開いたとき、利次郎の表情が厳しく変わっていた。この気持ちの切り替えもまた以前の利次郎には見られなかったものだ。

「若先生、ご覧あれ」

と宣告した利次郎が摺《す》り足で間合いを詰めると、潔い面打ちを磐音に見舞った。遠慮会釈のない攻めだった。

磐音は満足の気持ちを顔に表すことなく弾いた。すると面打ちが肩に回り、胴に転じ、弾かれても弾かれても攻めを絶やすことはなかった。

粘り強い攻めだった。

だが、磐音の構えを崩すまでには至らなかった。それでも利次郎は間合いを変化させつつ緩急をつけて攻めた。

一連の攻めが膠着《こうちやく》状態に入ったとき、磐音は間合いをとった。

「次はそれがしが攻める。よいな、利次郎どの」

「存分に」

と答えた利次郎の息遣いがわずかに乱れていた。だが、数瞬の間に弾む息を静めて次なる攻防に備えた。

磐音の攻めは厳しかった。

利次郎は体力のかぎりを尽くして集中力を切らすことなく、磐音の攻めに耐えた。どれほどの時間が過ぎたか、利次郎は胴を打たれ、面を叩かれていたが、

「まだまだ」

と闘争心を失うことなく、なんとか反撃の機を窺っていた。

磐音が間合いをとった瞬間、利次郎は果敢に打って出た。

「面！」

と叫んだ声に力は残っていたが、

どすん

という重い打撃を胴に受けて横手に吹っ飛んだ。

（倒れてはならぬ）

と自らに言い聞かせながら利次郎の意識は途絶した。

暗黒世界から利次郎はゆるゆると意識を取り戻した。

額に冷たいものが乗っていた。だが、視界がぼやけていた。

「大丈夫」

と霧子の声が近くでした。ぼやけた視界に霧子の顔がはっきりと見えてきた。

「霧子、だめだ」

「なにがだめなの」

「若先生の旅には加われぬ。この姥捨の郷を出ていかねばならない」

「どうして」

「試しにしくじった。四半刻、耐えられなかった。若先生の胴打ちに気を失った。なんということか」

「私を置いて出ていくの」

霧子の手が新しい雪の玉を額に乗せ、そのまま手が利次郎の頬に触れた。

「別れるのは耐え難い。だが、おれは出ていかねばならぬ」

「よく頑張ったわ。利次郎さんは若先生との打ち合いに半刻近くも耐えたのよ」

「えっ、四半刻以上も自分の足で立っておれたか」

上体を起こした利次郎が、

「やったぞ！」

と歓喜の声を上げた。

そのとき、辰平の狙いすました引き小手が磐音の手首になんとか触れ、磐音は面に伸ばしかけた手を止めて、

ぽーん
と飛び下がり、
「ご両人、ようも修行を積んでこられたな。先生方の指導を生涯忘れてはならぬぞ」
と辰平と利次郎の試しを終え、二人が旅に加わることが決まった。

姥捨の郷に根雪の季節が訪れた。

安永八年（一七七九）大晦日《おおみそか》の昼前、おこんはお蚕屋敷に移った。そして、明けて正月元日の早朝、お蚕屋敷に元気な男の子の泣き声が響きわたり、その知らせを御客家の囲炉裏端で受けた磐音に弥助が、

「坂崎磐音様、嫡子《ちゃくし》誕生おめでとうございます」

と賀を述べた。

「若先生、名は決めておられるのですか」

と誕生の知らせを待っていた利次郎が訊いた。

「空海様の慈悲のもとに生まれた子でござる。またおこんが空の道一ノ口の尾根道をおのが命をかけて越え、この姥捨の郷で無事お産をなしたことでもある。こ

の二つの空を頂戴し、空也《くうや》と決めておるが、おこんの許しを得ぬとな」
と微笑み、囲炉裏の灰の上に火箸で大きく空也と書いてみせた。
「坂崎空也様か。大きな御名です」
と辰平が大きく首肯し、四人の男たちの視線が灰に書かれた二文字に注がれた。
(玲圓様、おえい様、お二人の孫が生まれましたぞ)
磐音は心の中で養父養母に報告した。
春は名のみ、姥捨の郷は雪の安永九年(一七八〇)を迎えていた。

文春文庫

定価はカバーに
表示してあります

姥《うば》捨《すて》ノ郷《さと》
居眠《いねむ》り磐音《いわね》（三十五）決定版《けつていばん》

2020年8月10日　第1刷

著　者　佐伯泰英《さえきやすひで》

発行者　花田朋子
発行所　株式会社　文藝春秋

東京都千代田区紀尾井町 3-23　〒102-8008
TEL　03・3265・1211㈹
文藝春秋ホームページ　http://www.bunshun.co.jp

落丁、乱丁本は、お手数ですが小社製作部宛お送り下さい。送料小社負担でお取替致します。

印刷製本・凸版印刷
Printed in Japan
ISBN978-4-16-791550-6